中國「中世紀」的終結

The End of the Chinese "Middle Ages"

宇文所安(Stephen Owen)　著

陳引馳、陳磊　譯

田曉菲校

前言

宇文所安

在本書的標題中，「中世紀」這一稱謂是加了引號的。引號的作用是提醒讀者：中國的「中世紀」和歐洲意義上的中世紀（the Middle Ages）不同，用「中世紀」來描述中唐可以說是老子所謂的「強名」。

我使用一個歐洲的詞語，是爲了喚起一種聯想：歐洲從中世紀進入文藝復興時期，和中國從唐到宋的轉型，其轉化有很多相似之處，也存在深刻的差別。對英語讀者來說，使用「中世紀」的稱謂提供了一個很好的切入點，我們可以從此開始，討論八九世紀之交，也就是在唐貞元、元和年間，初次產生的重大變化。

「中世紀」這一稱謂對英語讀者來說是個有用的切入點，因爲它聽起來很熟悉；那麼，它對中國讀者來說也是個有用的切入點，因爲它的新奇。書的英文標題有兩個「中」字：「中唐」把這一歷史時期放在一個在文學和文化史研究中十分熟悉的範疇（也即唐朝）裡面；而

「中世紀」則要求讀者以一種不同的方式思考這一歷史階段。當我們改變文學史分期的語境，熟悉的文本也會帶上新的重要性，我們也會注意到我們原本忽視了的東西。

我不是說我們可以任意劃分歷史階段；我希望指出的是，存在著不同的方式（同等有效的方式）來理解一個歷史時期。用朝代的模式來思考文學和文化史當然是可以的，但這一模式已經成爲家常便飯。有時候，我們只能看到博物館裡的雕像的正面：我們可以看很長時間，可以看很多遍，直到我們認爲我們已經非常了解這一雕像了。但是，假使我們換一個角度——這一角度可能是很不舒服的，不是博物館的工作人員所設計和期待的，但是，從這一角度，我們卻會看到我們以前從未注意到的因素；我們感到驚異和興奮。假設在這個時候，一位藝術史家向我們解釋說，雕像曾經放置在一座廟宇之內，善男信女們在進入廟宇時只能從某一特定的側面看到雕像，而不能很容易地看到雕像的正面，這時，我們就會意識到：我們已經看習慣的雕像，在很大程度上不過是由博物館陳列展品的慣例所產生的一種特定形象，如此而已。

按照朝代進行分期的文學史，是文學中的博物館形式。我們已經拜訪了很多這樣的博物館，它們是我們整理閱讀經驗的熟悉模式。這種理解模式並不算壞，但是只有從一個陌生的角度進行觀察，我們才能看到新東西。

學者應該大量閱讀，然後思考所閱讀的材料。這是「學者」最簡單的定義。學者和任何讀者一樣，有對文學作品作出個人化反饋的能力。但是，學者進行評論的權利是通過廣泛的閱讀和思考贏得的。如果學者發現某種現象很新奇，這位學者必須追根究柢，問一個爲什麼。

中唐總是給我帶來驚訝。在中唐之前，當然也有許多新鮮而激動人心的東西，不過，往往要把它們放在一個可以追溯到東漢的傳統中進行理解。如果杜甫是個例外的話，那麼我們要記得，杜甫也是由於中唐文人對他的欣賞才獲得其重要地位的。中唐的主要文人就宇宙萬物、社會、文化等提出問題的頻繁度和激切的程度，可以說是前所未見的。同時，他們也總是游離和遊戲於常規的反應和答案。當然，我們總是可以找到一些先例，但是，如果我們按照歷史順序閱讀唐代文學，中唐是讓人吃驚的。在這一時期，人們和過去的關係改變了；以往通過重複建立權威的文化，現在由一個通過發問建立權威的文化代替了。

比如說中唐的傳奇小說〈任氏傳〉，是以一個傳統的「狐狸精故事」開頭的；這樣的故事應該在鄭生發現自己迷戀的女子原來是狐狸的時候結束。但是，鄭生沒有扮演這樣的傳統角色，相反，他告訴任氏，他不在乎她是異物，還是一如既往地愛她。只有在超越了標準的「狐狸精故事」時，小說才變得真正有意思起來，而我們也從此進入了一個新的文化世界。

〈任氏傳〉是中唐文化的典型產物。在中唐，有一種智識上的騷動不安，一種人性的騷動不安，人們不再滿足於舊有的答案。譬如說韓愈，「文學史博物館」裡的一座典型的「雕像」，當我們從這樣一個新的角度看待他，就會發現他不再是儒家價值觀念的虔誠代言人，而是一個非常不安於傳統的思想家，一個不得其平而鳴的人物。

盛唐文學仍然代表了唐代文學的典範，但是我們應該記得，是中唐首次把盛唐變成了這樣的典範。中唐以盛唐爲基準和思想背景，來理解自己的知性文化。我們不能脫離中唐來孤立地看待盛唐。

這裡需要提到，這些文章所沒有涉及到的一個方面，是十一世紀後期商業印刷的發展。這是定義中國「中世紀」的終結以及衡量中國文學文化之重大轉折的另一種方式。這一變化也是在中唐初見端倪的。

二〇〇五年十二月

目次

附錄

導論

這部論文集的問世，已是在我上一部討論盛唐的唐詩史的寫作十五年之後了。在這期間我常被問起是否有意在繼《初唐詩》和《盛唐詩》的寫作之後，再出一部中唐詩歌史。收在這部集子裡的論文，可以說是部分地回答了這個問題，同時表示了寫作這樣一部中唐詩史之不可能性。

這裡的論文是具有文學史性質的，然而它們本身卻不能構成一部文學史。它們不是要描述一個變化的過程，或是給出一幅大小作家的全景圖，而是要透過不同類型的文本和文體來探討一系列相互關聯的問題。這些具體的問題就其本身的性質而言，與文化史或社會史等更大的領域息息相關。在一個層面上，這裡所討論的文本本身就是文化史的一部分：對於占有或領屬權的公開描述，對於微型園林的誇大而富於諧趣的詮釋，以及有關男女間風流韻事的討論，本身就是具有社會性的行爲表現，而它們所體現的價值也必定是在某種程度上爲傳抄這些文本的讀者物件所認同的。而在另一個層面上，這些話語現象是如何與更具體的社會實踐活動相聯結的——如土地所有權的模式、園林建構及納妾制度——則不在本論文集的討論範圍之內。

稱它作一部「中唐詩史」是不恰當的，因爲從七九一年到八二五年這一期間的詩歌，較之於初唐和盛唐詩，更難以體裁分類。在風格上、在主題上，以及在處理的範式上，中唐詩遠比盛唐詩紛繁複雜，而且其詩歌範圍擴大與變化的方式與其他話語形式中發生的變化緊密相關。詩歌、古典傳奇及非虛構性的散文享有共通的旨趣，這樣的情形在初唐與盛唐則並不如此常見。可能也正是對中唐詩這一側面的直覺印象才使得自十三世紀以降諸多有影響的批評家指責這一時期的詩歌較之於盛唐詩，少了一份「詩味」。然而中唐詩歌的廣度，超越先前詩歌局限的態勢，也恰好成爲其長處。

現代文學理論在宣稱文體的自成系統（每一話語形式都以其專擅而它種形式又不能替代爲榮）與宣稱某一時期所有文化再現樣式都享有共同的歷史淵源這兩極之間搖擺。前者確信詩歌、小說或戲劇是相當獨特的，它主要關注的是拓展其自身的文體潛能，回應其自身的文體發展歷史；後者將所有同時代的話語形式都看成是分享著超越了文體形式的某種歷史決定因素①。

① 巴赫金有關小說的理論，是形成於有關詩歌特性的類似理論也產生了的這樣一個背景，這是前者的很好的一個例證。「新歷史主義」以及文化研究中所謂的新歷史轉向可以代表後者。

文學理論要求我們在這些相互對立的可能性之間做出抉擇，或是試圖調和它們。這些可供選擇的可能性被視作「研究門徑」而不是存在於研究對象之中的歷史差別；相反，從一種具有歷史性的觀點我們也許會說：「有時候這一種占上風，有時候則那一種占上風。」在某些時期，縱覽全局，呈現出強勁的文體系統；初唐與盛唐便大致是如此，於是在這種情形中「詩歌史」成爲可能。然而中唐詩打破了文體的統轄與局限；這樣一些深刻地改變了中唐詩的關注在中唐作品中隨處可見，而中唐詩的歷史也不再僅僅屬於詩歌。

第一篇論文，〈特性與獨占〉，將中唐文學對身分的再現視作對他人或爲他人所排斥。在個人身分的層面上，這樣的一種特立獨行可以表現爲宣稱自己優於他人，不過它也可以是一種異化感，而這種異化感造成了他人對自己的排斥。在中唐時代的作品中，特立獨行表現爲一種獨特而易於辨識的風格，它可以爲他人所襲用，但它卻總是與一個個體作家掛鈎。在那篇著名的〈答李翊書〉一文中，韓愈也同樣將自己散文的境界趨於精純的過程歸結爲摒除屬於（或取悅於）他人的雜質。在群體身分的層面上，特立獨行也以同樣的形式表述出來，比如一個文學集團將自身與大的作家群體區分開來；又比如對韓愈而言，華夏文化的景觀取決於對外來成分（佛教）的排除。這一類型的獨特性在形式上與一種新的領屬權話語相通，也就是說，二者都排斥他人的獲得或占有。

接下去的一篇論文，〈自然景觀的解讀〉，討論各種不同的再現風景的方式，顯示自然的潛在秩序如何在中唐成爲一個問題。一方面是文本對於自然的井然有序的表述和品評；這樣的風景具有建築性，這在先前的詩歌是罕見的。另一方面是對於缺乏潛在秩序的風景的再現，是美麗卻不連貫的細節的堆砌。這就引發了柳宗元在一篇著名的散文中所提出來卻懸而未決的問題：是否存在一個造物主，在大千世界種種現象的背後，是否存在目的與靈性。

這第二篇論文僅限於物理世界秩序的再現問題，然而同樣的問題也在人倫世界的事件中生成。〈詮釋〉這第三篇論文探討中唐時代的一種傾向，它對現象所給出的推測性解釋，要麼就是與常識相乖違，要麼就對通常認爲無需解釋的境況做出解釋。如此獨特的詮釋，缺乏任何證據或文本章句的支撐，常常沾染上一層富於反諷甚或瘋狂的意味。這樣一來詮釋便被看成了一種主觀的行爲，不是取決於有待詮釋的現象，而是取決於詮釋者的動機與處境。中唐時代對於這一新的、更具主觀性的詮釋的自覺意識，可以在白居易作於幼女夭折後自寬自慰的兩首詩中窺見一斑：他知道他只是在自寬自解，他作爲認識主體爲滿足其他動機而使用的道理不足以容納感情現實。

主觀詮釋行爲在純粹遊戲的層面實施時，便成爲機智的戲謔。〈機智與私人生活〉審視對私人空間和閒暇活動的遊戲性的誇大詮釋，作爲抗拒常規價值的一種私人價值觀的話語。這樣的價值和意義，遊戲性地奉獻給讀者，屬於詩人一個人，構成了一個有效的私人界域，迥異於中國道德和社會哲學專橫的一面，這一面甚至將個體的或家庭中的行爲都納入公衆價値的一部分。舉例來說，當五世紀的一位官吏辭官歸田，成爲一名隱士棲居在山林間時，這表面上是屬於個人的抉擇有可能被而且確實通常被理解爲一項政治宣言；而當一位中唐詩人戲謔地聲稱自己在公事之餘全身心地爲松林或寵鶴所迷時，他那戲謔性的誇示已從公衆和政治的意味中擺脫出來。當我們發現這個遊戲世界通常和詩人的擁有物相關時，我們並不感到驚訝。這些文本糅合了領屬權的問題、主觀詮釋以及對他人的拒斥，因爲他人常規性的觀點使他們無法看到詩人所採取的價值觀。

詩人在他的微型園林裡上演適意自娛的小戲，在詩中吟詠這樣的時光，此刻他已經對有關詩歌是如何創作出來的假設做了重大修正：不是詩直接對經驗做出回應，而是經驗被策劃，爲了作詩而將空間做了規劃經營。〈九世紀初期詩歌與寫作之觀念〉探討中唐時期對寫作，尤其是對詩歌寫作進行再現時發生的某些根本性的變化。

在八世紀討論技巧的詩學中我們已經發現了一種論調，承認在誘發詩興的經驗和詩歌的寫作之間有一段間隔。詩歌創作與經驗之間的關係被描繪成事情過後的重新回味。到了九世紀初期，原先所設定的詩外的經驗與創作間的有機聯絡已不再是想當然的了。詩的基本材料是對句，被視作「意外的收穫」；對句是由深思熟慮的匠心精雕細琢而成，鑲嵌入詩。這樣的詩歌創作觀，不管在西方詩學史的架構中看來是多麼的司空見慣，在一個將自然本色奉爲圭臬，且原先是靠對經驗的敏捷回應（如果不是完全的即興）來保證的中國詩學系統內，它代表了一個重要的轉型。到了九世紀，詩可以被視爲某樣被構築出來的東西，而不是一種自然的表達，且詩中所再現的是藝術情境而不是經驗世界的情景。這個在骨子裡「富於詩意」的情境常被形容爲「……外」或「不盡……」——語詞或普通人感受到的意象是難以窮盡的。而在一段有關中唐詩人李賀作詩過程的膾炙人口的描繪中，我們又看到詩作爲有待鍛造和擁有之物，作爲想像出來的而又是具體可感的構造，毫不遜色於微型園林：每日詩人騎驢而出，靠詩興靈感偶得一聯半句，記下來投入囊中；每晚傾囊而出，將其綴成詩篇。

最後兩篇文章探討八世紀晚期成形的新的浪漫文化。題名〈浪漫傳奇〉的文章以〈機智與私人生活〉中提出的問題爲前提，探討〈霍小玉傳〉。這篇有關情愛和背叛的故事作爲一個例證，顯示了私性的價值觀是如何試圖爲這份體驗開闢一個空間，使得它免受外界社會的強制。與機智的詩人吟詠他的微型園林有所不同的是，定情不是純粹的遊戲；它的私性疆域難免會和社會之間產生牴牾，受到社會的干擾。然而這裡我們清楚地看到了觀衆的存在，他們觀摩、評判並最終介入顯然是屬於私生活的情愛故事。最終浪漫文化不是屬於情人，而是屬於閱讀這些故事的社群，而且在他們當中得到文字表現。在浪漫故事中，我們看到這樣的一個社群，雖說這一社群明顯是由屬於公衆社會價值世界的人們所組成，卻支援浪漫愛情的私性價值。

〈〈鶯鶯傳〉：牴牾的詮釋〉探討的對象是所有唐傳奇中最著名的一篇。女主角鶯鶯和她的情人張生是姻戚，本可以明媒正娶，卻捲入了中唐時期熾烈而犯禁的浪漫文化，其結局正如大多數浪漫故事那樣，以鶯鶯遭張生遺棄而告終。男女情人都是一名詮釋者，試圖將敍說的故事遵循他或她自己的意向來引導，且每一位都要求觀衆站在對他或她有利的立場上來評判。可是兩位情人對於事件的詮釋相互抵消，於是我們所面對的是唐代敍事文中這樣一幅獨特的情景，其中公衆的評判成爲訴求的對象，然而卻又沒有固定的評判。情愛故事又再度納入社群的框架中，社群製造流言，就這段風流韻事創作詩篇，並忖度該如何評判張生的行爲。

中唐既是中國文學中一個獨一無二的時刻，又是一個新開端。自宋以降所滋生出來的諸多現象，都是在中唐嶄露頭角的。在許多方面，中唐作家在精神志趣上接近兩百年後的宋代大思想家，而不是僅數十年前的盛唐詩人。以特立獨行的詮釋而自恃，而非對於傳統知識的重述，貫穿於此後的思想文化①。對於壺中天地和小型私家空間的迷戀而做機智戲謔的詮釋，成了在宋代定形的以閒暇爲特徵的私人文化複合體的基礎②。浪漫文化不但繼續流傳，而且唐代浪漫愛情故事不斷地被複述和擴充，而後代的作家還在試圖處理浪漫文化所提出來的問題。當宋代大作家蘇軾觀賞一幅美麗的風景畫時，他的反應不是尋訪該地實景去直接體驗一

① 對經典詮釋的機械重複仍然是傳統的組成部分，然而它不再像產生新詮釋那樣受到重視。

② 這裡「私人文化」不是說它僅屬於個人。如若不是與一群知音朋友共用的話，那它便通過出版來尋求知音的賞識。不過，這一活動的領域，非但不同於國家政體對個人的要求，也和家庭對個人的現實主義要求背道而馳。

番；在〈書王定國所藏煙江疊嶂圖〉一詩中，具有審美意味的田園牧歌變成了想像中的購買：

> 不知人間何處有此境，徑欲往買二頃田。

作家以大小巨細各種方式宣稱他們對一系列對象和活動的領屬權：我的田地，我的風格，我的詮釋，我的園林，我所鍾愛的情人。

像中唐這樣的時代應當有確切繫年的界定。這裡的論文所集中討論的大多是七九一年至八二五年間的作品，儘管也有先前和此後的作品收羅在內的。我們知道時代實際上是沒有清晰邊線的模糊中心，然而我們要劃定疆界，要排拒不受保護的空間這樣一種地緣習性，本能性地轉化為我們為歷史繪製的地緣圖。要講述好一個歷史「故事」，我們至少需要一個開端。

任何有關中唐的描述都追溯到韓愈這位講故事的能手，他的文學和文化史敍述造就了所有後來的敍述①。韓愈最著名的文化史敍述集中在韓愈自己身上，作為儒學復興運動的前鋒，

① 「中唐」作為一個文學批評術語，始於明初，最初是用來指始於安祿山叛亂（八世紀五十年代後期）或杜甫之死（七七〇年）的詩歌史；也就是說，「中唐」的開端在何處取決於文學史家如何來結束「盛唐」。然而樹立起以李白和杜甫為核心的盛唐詩的形象，則要歸功於韓愈及其他中唐作家的創造。

他的致力於道德的文章，即「古文」，旨在成爲承擔儒學價值復興的載體。爲了在一個關於「開端」的敍事裡給韓愈的敍述定位，就讓我們把中唐確定爲從七九一—七九二年開始，在此期間韓愈、孟郊、李觀及其他一些書生匯聚在長安，趕赴進士考試。韓愈和李觀七九二年進士及第；另外兩位重要的中唐作家，柳宗元和劉禹錫於翌年及第。

如若我們將此視作中唐的「開端」的話，這並非出於對韓愈的權威性的過分尊重，而是鑑於他對於一個重要文化時刻的卓絕的策劃最終成爲促成變革的強勁的原動力。我說「最終」是因爲，即便韓愈有再大的雄心，他也無從知道他自己會是一個叫作什麼「中唐」的開端，或這一事件意味著什麼。開端只有在事後的反省當中才會呈現出它的全部意義；你首先必須知道所開始的究竟是什麼。儘管年齡差異懸殊——孟郊生於七五一年，李賀生於七九〇年——然而此後三十五年文人社團的形成，構成了非常獨特的一代，這在此前三十五年的作家群中是看不到的。

中唐文學所顯示的深刻變化和韓愈對歷史延續性的重大揚棄同時發生：韓愈聲稱他自己和他那個時代是華夏文化的轉捩點，跨越上千年直接賡續自孟子以降便已廢弛的儒學傳統①。

① 顯然，與之遙相呼應的是歐洲史上的宗教改革運動，改革者聲稱跨越了千年相延的天主教傳統，重拾並賡續早期教會的「真正的」基督教。

不管這一聲稱在儒學史上有多麼重要，這樣一種自封的與往昔的關係在形式上體現了與衆多傳統的新關係。對屬於變化創新的一代人的自覺意識，帶來了各式各樣的新變和新興趣，已不是振興儒學文化的初衷所能夠包羅的了。

在七世紀九十年代初會集長安的年輕人，表達了緊迫感和危機感，主張必須做出一番事業來振興文學，並通過振興文學來復興文化價值。這些書生慷慨地讚頌彼此的作品，並深信他們能爲千瘡百孔的蒼茫大地找到良方。韓愈、孟郊及李觀的復古主題和道德緊迫感並不代表整個中唐；事實上他們只是複雜整體的一小部分。他們的意義似乎正在於打造一代新人、宣告變革和劃分歷史時代這一行爲本身。

許多人試圖說明是政治和社會環境的獨特性導致了這些作家的緊迫意識。這樣一個因果律論點的問題是，唐代還有遠比這更糟的政治和社會環境，卻沒有激發起作家同樣的迫切感。無論是武則天的改朝換代，她死後王朝的腐化，安祿山叛亂的浩劫，還是自此後一個半世紀的朝廷的風雨飄搖，都未能激發起作家這樣的危機感（只有少數例外，杜甫是其中之一）。我們可以說韓愈及其朋伴感受到了當時的緊迫性，然而這並沒有告訴我們爲什麼他們在那個特定的年代走到了一起。

比較明智的做法是給出歷史背景而不是因果解釋。德宗臨朝的初期（七八〇—八〇四）似乎別有一番幻滅感。這一朝起初在平叛後的廢墟上顯露出重振中央政府權威的生機，這線生機很快隨著德宗於七八三年在節度使手中遭受的羞辱而宣告破滅。德宗的雄心受到打擊，他成了一個沒有什麼吸引力的帝王，而道士李密及其後任竇申的內閣，對於解決朝廷的財政和政治危機一籌莫展。七九二年，著名的政治家陸贄出任宰相，似乎暫時又有了一線轉機。

古代中國不乏政治和經濟上的現實主義者，然而操縱歷史敍述的史官向來對他們的著作不感興趣。傳統的知識分子，尤其是在唐代，傾向於將政治、社會和經濟危機視作文化危機的症候，而文化危機通常被認爲是語言和文章的危機。雖說這並非德宗朝所絕無僅有的，在那段期間確實存在著帝王話語權威的貶值；比方說，帝王話語巧妙地被陸贄操縱使用，通過斡旋使王朝在七八三年得以苟延殘喘。在皇家足以憑恃的權力貨幣（軍隊和現金）匱乏時，陸贄便揮霍起帝國象徵系統的貨幣來；他出賣頭銜及可以說是王朝的前途——薪水及特權，而這些本來只能是通過王朝的安定來實現。對於那些恪守孔子「正名」古訓的人來說，這段時期簡直就是夢魘，到處靠鬻售空頭銜虛爵位來安撫豪強勢力，並在要挾之下默許地方官吏的任命世襲化。我們要記住貶值的權力通貨這一僵死的隱喻：當時產生了語言的通貨膨脹。儒家藉以治國平天下的「言文」變成了空文。

中唐的嬗變是在感受到語言和文章危機這樣的背景下發生的。對於這一危機的回應各式各樣卻彼此相關，由一些在當時反覆出現的、在下面論文中將要討論的話題貫串起來。也許關於文明史進程中這樣一些時刻，我們所能說的最多是「什麼事情發生過了」。歷史事件總是要比我們所能敍說的要浩瀚廣袤得多；然而有限的敍述也是我們貼近這更紛繁複雜的現象的唯一可行的途徑。

特性與獨占

中國古代文明的最顯著特徵之一，是假設文章與政治或社會秩序之間存在著密切的關係。中古時期有關這一假設命題的闡述，遠遠超出了儒家核心原則「正名」本身，即言辭之得體確保了社會和道德規範之得體。對這重關係的一種天真說法便是簡單的反映論——文章（representations）「反映」了政治和社會秩序。這樣一個理論命題容許在具體的反映對象以及反映模式上面存在種種巨大的理論差異，它遠非中國所獨有，且至今仍然活躍在我們中間。還有一種說法，雖然也並非爲中國所獨有，不過它在中國傳統中卻有特殊的分量：這樣的命題便是好文章能夠或者應當改變政治和社會秩序。著名的現代小說作家魯迅爲拯救中國而棄醫從文，原因就在於此。

以韓愈（七六八—八二四）爲首的文學集團所倡導的「復古」文學價值所顯示出來的緊迫感，便是基於這一假設。白居易（七七二—八四六）及其盟友所倡導的新樂府，雖然方式不同，也有賴於同一假設。對道德問題及其社會影響的明確表現，會喚起並強化讀者內在的道德感，移風易俗，教化人心。

在任何文字表現系統的內部，一種立場的出現，總是伴隨著其他立場，而作者表現某一立場時的緊迫感，會將這個立場與其特殊的對立面纏結在一起①。在韓愈和白居易集團的作品中對文章的道德功用的確認，是和一個更爲重要的反例聯繫在一起的。這裡，我們發現了我相信是頭一回被如此大書特書的命題，即「好」作家（究竟是指德性上的「好」，還是純粹文學意義上的「好」，這裡有一點含混）必然會爲社會所忽視，甚至主動地拋棄。

在比較溫和的說法裡，正如在白居易的〈讀張籍古樂府〉中那樣，好作家只是不爲世人賞識而終老於孤芳自賞。而在極端的說法中，如孟郊（七五一—八一四）反覆告訴我們的那樣，「好」作品只會招來他人的敵視，最終毀了作家：

本望文字達，今因文字窮。

① 請注意我在這裡指明了是「特殊」的對立面。任何一個立場觀點，當它在一定的抽象層面上提出來時，都會有可能與很多種潛在的對立立場聯在一起。任何一個立場，都是通過與它相纏結的對立面或反例，來表現出自己的傾向並得到界定。當然每一個反例，本身也是一個立場，對於它而言，第一個立場也是一個可能的反例。

「窮」，在窮困之外，還有窮途末路、孤立無援之意。在孟郊一首更偏激的詩〈懊惱〉中，一個原本用來表示在閱讀時思考回味的常見詞「咀嚼」，與文人間相互傾軋的「吃人」行徑彆扭地聯結在了一起：

惡詩皆得官，好詩空抱山。
抱山冷殑殑，終日悲顏顏。
好詩更相嫉，劍戟生牙關。
前賢死已久，猶在咀嚼間。
以我殘杪身，清峭養高閑。
求閑未得閑，衆誚瞋虤虤。

二百年的文壇盟主，在社會和政治上都有地位的作家歐陽修，斷言好的作品是「窮而後工」，這一主張顯然是對孟郊「詩能窮人」的回駁。

這與其說是文章與社會間有必然聯繫這一命題的破裂，倒還不如說是這個命題的顛倒或扭曲。好人不是通過他的文章在道德上感化社會，反遭社會棄逐，而是非顛倒的社會現實也反映在他個人的困苦上。在孟郊歌頌一位八世紀儒生典範的組詩〈吊元魯山〉其三中，對此有非常特別的表現：

君子不自蹇，魯山蹇有因。
苟含天地秀，皆是天地身。
天地蹇既甚，魯山道莫伸。
天地氣不足，魯山食更貧。
始知補元化，竟須得賢人。

這是反映論走向偏至的極端，而孟郊對他的個人經驗和寫作亦作如是觀。在該組詩的第四首，與衆不同，甚至是道德上的高風亮節所造成的與衆不同，導致了不爲社會所見容：

一聲苟失所，衆憾來相排。

當「正聲」出現在禮崩樂壞之世時，它非但無法恢復和諧，反而變成了噪音，而被逼噤聲。在一封寫給李益的信中，韓愈在探討古文創作理論時也表述了同樣的精神：倘若他的寫作能取悅他人，那就一定是他的寫作本身有瑕疵。

這向我們揭示了中唐時期最重要的文學嬗變軌迹之一：也就是說，意識到個人身分，特別是「真」的身分，必須具有與衆不同的特性。而且，這樣的特性常常表現爲否定性的，也即排拒他人或爲他人所排拒。我用「特性」（singularity）這個詞，而不是用看上去很平順、但使用太泛的「個體性」（individuality）一詞，來強調這一特異時刻的苦痛、寂寥和異化感。這裡也許有一份高傲，乃至於妄自尊大，但我們常能聽到「他人」的聲音在譏笑、嘲諷、懷疑，有時甚或發出獸類的咆哮。特性不僅是中唐作品津津樂道的主題，它還以中唐作家刻意求異的風格出現。特異的風格可能會招致他人的驚訝、鄙夷和排拒，但也可能贏得讚賞。特性並非一般意義上的個性化；它預設了平庸的、常規的以及常常在道德上是可疑的「他者」的存在。道德和文學上的優越，現在不是表現爲在社會所認可的規範內的完美，而是表現爲遠離那些規範①。

特性是與對所有權和占有物新發生的興趣緊密相連的，所有權和占有物就像個體身分一樣，其概念的存在取決於對他人的排拒。雖說特性主要牽涉到一個人，然而這個概念也同樣適用於群體的層面，如當一群卓異之人組成一個摒棄「凡俗」的小集團時，或當一個帶有濃

①　對這一立場的最有名的陳述見於韓愈弟子皇甫湜的〈答李生第一書〉，他提出在寫作中，褒義的標新立異必然是「奇」和「怪」。這兩個詞，特別是「怪」，都有潛在的貶義傾向，而在這裡卻被賦予積極意義。

厚意識形態色彩的社群排拒異端邪說時，甚或當中國作爲一個概念的存在取決於對外來因素的排拒時，正如韓愈在〈論佛骨表〉中所倡議的那樣。無論是在個人還是在群體的層面上，具有特性的個體總試圖劃出一個專屬於自己的空間；它占有對象，並從事在它看來是「正當」的活動。然而要達成這一點，這一空間外部必須得有「他人」的存在，他們想要闖入該空間，破壞其活動。

這裡我們必須承認，在更早的中國傳統中，已經有無數典範人物，表現了特異的個人身分，並在一定程度上促成了中唐時期特異人格的建構。古代詩人屈原，比任何人都更致力表現自己有別於所有他人的主題。陶潛（三六五—四二七）也同樣宣稱他受自己天性的驅使而棄絕其社會規範角色。我們也許還可將任誕的魏晉名士也算在內。然而在這些人物當中，將「特性」本身奉爲中心價值的只有屈原。中唐的不同之處在於，在一個特定的時期，衆多文人士大夫共同分享同一種價值觀①。在中唐，特性不是一個沒有實際內容的空洞狀態，就像在屈原的例子裡那樣，而是諸多特異之點的總和。

---

① 要在中國的傳統中宣稱有某一個開端，立刻就會招來反駁，聲稱還有一個更早的開端。三世紀至四世紀的名士狂人也顯示出他們對社會規範的反動，然而他們自己卻未能建立起個性化人格的系統。到了中唐時代，先前的「任誕」已經成爲固定下來的風格類型。

在中唐之前，有限的幾套不同樣式的類型範疇便足以描述作家的個體身分。作家是通過某一文體表現出來的一種個性類型，個體的差異只顯現在經驗的特殊性上。儘管李白（七〇一—七六二）和杜甫（七一二—七七〇）都開始以各自不同的方式，通過宣稱自己的特性而走向個體身分的建構，但總的來說，如何成爲獨一無二、在本質上與他人不同，還是沒有被賦予特殊的重要性①。而且，我們應當記住，李白和杜甫的經典化基本上是中唐的現象。在中唐，具有特性對許多作家來說確實是極其重要的②。

當「真」的價值在中唐逐漸與特性聯繫在一起時，文人便對文學語言中的濫調和媚俗有了越來越高的警覺，把它們視爲矯僞。無論是韓愈集團還是白居易集團都對「空文」感到極端懷疑。先前的「復古」倡導者抨擊文風的華靡，將它歸結爲輕浮和道德上的墮落。中唐的文人也回應這樣的倡議，不過對那些人人樂道但花稍不實之詞添了一份新的疑忌。孟郊一而再再而三地在常識性觀念之前冠以「誰謂」或「徒言」等語。他對於具有權威性的常言，譬

① 當然中唐以前的文學文化也在相對意義上意識到差異：一個詩人可以才能非凡或者卓爾不群。不過這種差異並沒有和某一獨特的風格聯繫在一起，並進而牽涉到某一獨特的天性，如孟郊和李賀那樣。

② 也許最毅然決然地宣稱與過去時代的不同要等到九世紀中葉：李商隱在其〈漫成五首〉中回瞻初唐宗匠時，輕蔑地說，在他的時代，人們所能看到的只是他們的「對屬能」。曾經一度具有褒義的「能力」，現在變成了令人鄙夷的「能耐」。

如人乃萬物之「靈」，加以駁斥：

徒言人最靈，白骨亂縱橫。

孟郊這裡駁斥的是《尙書》中的話。這並不是說以前的詩人從未哀歎過縱橫滿地的白骨，但是，他們慣於引經據典來印證他們的經驗，卻從來不會想到那些與實際經驗相矛盾的經典章句①。

這種對於傳統文本的普遍懷疑成了宋以後文化的一個顯著特徵，不過它首次出現在這一時期。爲了讚美一位地方官員沒有得到記述的美德，白居易在題爲〈立碑〉的詩開頭提出了一個很能說明問題的反例：

勳德既下衰，文章亦陵夷。
但見山中石，立作路旁碑。
銘勳悉太公，敘德皆仲尼。

① 在許多方面，這種對儒家經典的挑戰，正顯示了人們賦予經典的新權威。

復以多為貴，千言直萬貲。
為文彼何人，想見下筆時。
但欲愚者悅，不思賢者嗤。
豈獨賢者嗤，仍傳後代疑。
古石蒼苔字，安知是愧詞。

〈立碑〉接著開始褒獎望江縣的曲令，記述他的德行如何深受百姓的愛戴。然而該詩所傳遞的訊息，從根本上來說還是頗為悲觀的，它在想像碑文是如何充斥了謊言客套，因年代久遠而剝蝕生苔，欺惑後代的讀者。這裡我們清楚地看到，宋以及其後的王朝對文本權威和文字傳統的懷疑精神首度浮現出來①。

能取代虛矯墮落文風的，是體現了真實與道德權威的文章。銘勳比太公、敘德比仲尼之類的空洞客套，顯然已是不夠了。李商隱（八一三？—八五八）的名篇〈韓碑〉，繼承了〈立碑〉對文本、記憶與真相三者之間比例關係的關懷。在李詩中我們得知，韓愈為謳歌裴度淮

① 參見本書附錄中趙翼（一七二七—一八一四）的《後園居詩》其三，這位清代詩人以戲筆敍述了他如何創作出一篇如白居易所描述的假客套碑文。

西大捷所作的著名碑文已在敕令之下銷毀，而塗飾以新的虛僞銘文。然而真正的碑文，正如李商隱提醒我們的，早已銘刻人心而長存於世：

句奇語重喻者少，讒之天子言其私。
長繩百尺拽碑倒，粗砂大石相磨治。
公之斯文若元氣，先時已入人肝脾。
湯盤孔鼎有述作，今無其器存其辭。

特別重要的是，任何一位當代或後世讀者都能看出來，李商隱在寫作〈韓碑〉時，因襲了韓愈碑文本身的文字風格。這裡我們看到特異風格本身所包含的大悖論：這種風格之所以有影響力，就是因爲它打破傳統，並打上了作家個體身分及其真情實感的烙印，而這樣的風格可以爲他人所襲用。當它爲人所襲用，它就將永遠被視爲「韓愈體」。這種體「屬於」韓愈，而正因爲有了得到充分發展的占有和歸屬感，才談得上借鑑、繼承和剽竊。

無論是在爲人處世還是在寫作方面，墨守陳規的舉止總會給人留下幾分虛矯不實的印象，而這樣的墨守陳規就其本身性質而言，避免了由特立獨行所引發的一連串問題。恪守特定的社會規範不會是出自內心的衝動，也沒有人會聲稱自己一手締造了社會規範。社會規範受自他人，甚至當它變成第二天性而自發地重現時，它也仍然需要外界的求證。與此相反，立異獨行的話語系統提出了一個無法回答的問題：特性的表現是自覺的還是不自覺的，是自然真摯的還是矯揉造作的？這樣的問題在理論上可以說是一個沒有意義且無法回答的問題；然而，對於中唐的作家和文人來說它卻是一個實際的問題。要麼是詩人是在情不自禁地表達其獨特的個性，要麼他是有自覺意識地控制著他的表達。我們常常發現這兩種相互矛盾的「答案」是聯繫在一起的。無論在哪種情形中，寫出來的東西都只屬於詩人自己，打上了他的個人印記，而這是純粹常規的文學表達形式所難以做到的。

白居易常強調其天性的率真和詩作的自然，強調他的詩來自內在的衝動。在下面引述的詩中，率真自然的標誌便是「拙」——不循常規而惹人嗤笑；於是，備受奚落的詩人在想像中營結了一個由標新立異的作家組成的小集團，可惜的只是他們在時空上與他天各一方。

自吟拙什因有所懷

懶病每多暇，暇來何所爲。
未能拋筆硯，時作一篇詩。
詩成淡無味，多被衆人嗤。
上怪落聲韻，下嫌拙言詞。

時時自吟詠，吟罷有所思。
蘇州及彭澤，與我不同時。
此外復誰愛，唯有元微之。
謫向江陵府，三年作判司。
相去二千里，詩成遠不知。

如果說白居易在該詩中宣稱他寫詩漫不經心、不假思索，那麼他常常在其他作品中凸出表現自己的機智。即使是在這首詩中我們也能窺測到他的自覺：他不是僅僅對聲韻言詞漠不關心，而且，他在描寫自己是如何對聲韻言詞漠不關心。白居易常常把他自己描繪成任性率意的人，而與此同時，卻又笑話他自己的這份任性率意，於是乎讓我們知道他其實是很老於世故的。表現為「拙」的任性率意顯然已成為一種價值，但人情世故的練達也同樣是一種價值。

李賀（七九一—八一七）的詩常常呈現不同性質的內在驅迫力，一種著魔似的驅迫力，而他對受到這種驅迫的人物也總是感到一份特殊的同情。

長歌續短歌

長歌破衣襟，短歌斷白髮。

秦王不可見，旦夕成內熱。
渴飲壺中酒，饑拔隴頭粟。
淒涼四月闌，千里一時綠。
夜峰何離離，明月落石底。
徘徊沿石尋，照出高峰外。
不得與之遊，歌成鬢先改。

不管李賀的「內熱」是政治性的、還是詩性的、還是出於對人生短暫的恐懼，他把自己塑造成爲由一種難以名狀的內在力量所驅動而不能自已的形象。然而他同時也是一個人們所公認的出色的詩匠，他的風格常常帶有精心琢磨的印記①。立異獨行究竟是一種內在的衝動，即「真」，還是一種刻意匠心，即「假」，這兩者間不可能區分開來。

文化史和文學史的歷史分期最好是被當作一塊塊模板來看待；這些模板塊不是由孤立的

① 我用「精心琢磨的印記」一語來描述那些往往被人與刻意求工聯繫在一起的風格。白居易也許在他的「漫興」詩上比李賀花費了更多的功夫，然而他的詩在讀者眼裡卻顯得似乎真是即興而作。而在另一方面，李賀的許多詩句顯得雕琢。正如我們在後面要討論的，「意外收穫」（trouvaille）成了調和無意與刻意、現場即興與費時費力的手段。

東西拼湊起來的，而是由相反或相對的概念與立場組成的套系。在模板當中，由另類概念與立場組成的亞套系就構成所謂的「問題」（issues），而每一次解決問題的努力都似乎同時包含了相反或相對的概念與立場。但是這些問題並非孤立存在的：它們與其他問題相關聯，有時是平行的，有時則在新的對立中化解成爲某個單一概念。於是，像「內在的衝動」和「刻意匠心」這兩種對立的概念，當它們作爲傳統規範的對立面而存在時，它們之間的對立則化解了，形成了以不同形式表現出來的立異獨行的特性。

這些相反相對的概念與立場，顯示出一個時代的生機活力。它們最終會被忘卻或得到解決，以新的常規話語或形象出現。這也許是界定一個時代的終結的方式之一。中唐時代一個津津樂道的話題，即內在衝動和藝術匠心之間的對立，最後在「作爲藝術衝動的匠心」這一觀念中得到合併。這一合併表現在「苦吟」一詞的演變當中。「苦吟」的原意是指出於痛苦而吟詩，然而到了九世紀的下半葉卻轉義爲「刻苦吟詩」。原先由於外在於文學的困苦而作詩，現在蛻變成了作詩本身的煞費苦心。

特性的問題和中唐時代的獨占話語緊密相關。擁有權問題在中唐以前的文學中很罕見，這說明這一問題在中唐的出現觸及了這一時代的核心關懷。占有的概念，也即某物「屬於」某人的說法，對於獨特身分這一新觀念是至關重要的。某物爲某人「自己」所有，正是因爲對他人的排斥，而且最重要的，是因爲對傳統規範、對所謂共同價值的排斥。

在以前的文學中，王維的《輞川集》首篇〈孟城坳〉是少數涉及土地擁有權的文本之一：

新家孟城口，古木餘衰柳。
來者復爲誰，空悲昔人有。

王維在該詩中吟詠了他自己的山莊別業，而末句所指的不確定性——我們不知道王維是在追懷山莊先前的主人呢，還是在想像日後的尋訪者緬懷他自己——給「占有」的意義造成了疑問。這裡他用的是「有」字：這是一種「享有」（having），而不是特指「擁有」（owning）。

我們可以將這首詩和韓愈的一首看起來平淡無奇的絕句拿來做一個比較。韓愈的〈遊太平公主山莊〉，也是談占有的無常。身爲高宗和武后之女的太平公主，是中宗第二次臨朝聽政時期（七〇五—七一〇）最有實權的人物之一。追緬她坐落於長安城南的廣大莊園，令人回想起八世紀初葉的奢侈豪華。

公主當年欲占春，故將臺榭壓城闉。
欲知前面花多少，直到南山不屬人。

這裡的核心詞是「占」字（「占據」或「據爲己有」）和「屬」字（「擁有」或「屬於」）。「占春」一詞，貌似自相矛盾，實則涉及中唐詩歌的一個常見現象，這個常見現象有各種各樣的表現形式，通常是眼前的自然景色爲花草或禽獸所占據，令人回想起昔日的主人，產生物是人非之歎。在這裡，不可能發生的占有（誰又能占有春天呢？）被限定爲一樁過去的事件：「當年」。公主之「欲」，表明了她的所作所爲是有意如此（「故」）。她建築臺榭，來占有大自然，或者占有一個季節。這一座座亭臺樓閣不光是她的占有的有形標記，而且還是景點，可以在此觀賞春光。「壓」字極佳，妙盡逼近之勢：她的山莊迫「壓」城門，不容存在別人可以自由穿行、阻擋她的視線的空間。

在下半首詩中韓愈提出設問，這樣也就讓他能夠給出一個他想要的答案。問題不是她擁有多少花，而是「前面」——有多少花在她的眼前。她不是簡單地渴望占有，而是希望慢慢地品味她所占有的天地之廣大。這並不僅僅是所有權的問題，而是渴望展示所有權，在展示中得到快感。

如果她的領地有一條邊界緊鄰長安城牆的話，那麼詩的結句則劃出了另一條邊界，這便是遠在長安之南的終南山。韓愈對自己設問的回答，並沒有去計數「花多少」：界定空間取決於排他性，一個被壟斷或獨「占」的空間。公主的景觀不是花的景觀，而是占有物的景觀。該詩的誘人之處，一部分則在於詩人對這塊領地的爭奪，他尋訪公主的山莊，侵犯她已經消逝了的所有權。我們很容易把這首詩視爲對八世紀初期驕奢淫逸的嘲諷，然而就像所有美刺傳統中的詩歌那樣，該詩陶醉於它所譴責的東西。詩人以想像性的詩歌占有，取代了公主的合法占有，他站在她昔日的位置，通過想像中的公主的視線，沉湎於想像中的占有權。在中唐，占有權通常涉及實際的購買，然而物質的占有，與文字上的或想像中所聲稱的占有變得密不可分。

我們無法確知哪首詩寫得更早，不過韓愈的詩和白居易的〈遊雲居寺贈穆三十六地主〉（作於八〇七年）顯然是有聯繫的。

亂峰深處雲居路，共踏花行獨惜春。
勝地本來無定主，大都山屬愛山人。

在詩題中使用「地主」一詞是不太尋常的。稱某人爲「地主」，或作一首詩贈給某「地主」，等於承認一個在唐代文學中通常避免提及的事實：也就是說，在中國存在一個權力和占有的結構，有別於由士與農構成的社會。「地主」占有土地，但他不耕作，而且，也不依附於國家①。該詩的戲謔口吻，幾乎難以掩飾其無禮的一面——白居易藉助於一首詩，奪走了穆地主的土地。

次句的核心在於提出分別：兩人都在踏花而行，但其中只有一人——顯然是白居易自己——懂得惜春。「惜」是一個很有意思的詞。它不僅對失落表示悲傷，而且也表示惋惜，不忍見此。這裡在合法擁有的領地和供人體驗欣賞的「勝地」之間劃出了一道界限。當地的地主感興趣的是領地，而詩人感興趣的是把領地轉化爲發生體驗的場所。於是乎白居易提醒地主，物「無定主」。他用了一個含混的詞，「大都」，承認穆地主具有一部分領屬權，但實際上卻以「愛山人」的名義，把穆氏領地據爲己有。

道理很清楚：強調占有的無常，表示只能通過愛惜和欣賞來占有一個地方——或者，也許只有通過在文本中描寫這種愛惜和欣賞，這個地方才能被真正占有。

白居易詩的結尾處暗藏玄機：「愛山人」一語令人聯想到《論語》中體現了「仁者」風範的「樂山」。借由「惜春」一詞，白居易顯示了他具有感受力，對外在的世界有「仁」心。

①儘管這一問題通常不在文學表現之列，然而九世紀初葉土地所有權問題也的確是一個嚴重的財政問題，由於八世紀末葉稅收政策的改變，從人頭稅變爲田畝產量稅，富裕的地主尋求種種辦法來降低他們的稅收。

通過強調儒家對世界感到的仁，白居易以儒家的道德秩序來對抗地主的法律秩序。不過白居易所說的是「愛山」而非「樂山」：這不是簡單地欣賞山景，而是「愛」山，沉溺於山。一個人「樂山」，並不一定意味著他就會執著於山，對山著迷，然而如果「愛山」則會如此。這位中唐作家開始執著於物，對物著迷。該詩說得很明白，白居易是在宣稱對土地的領屬權。

和韓愈一樣，白居易的詩直接針對莊園的主人，對空間進行想像的詩意占有。只有在中唐我們才會遭遇到這樣一種新觀念，即詩人可以通過一個地方進行不同凡響的描述來「占據」一個地方。假如詩人通過文字體現了一個地方，別人就不會再去寫它了；他們會意識到，對這個地方的再現已經成爲某一個詩人所特有的了。受到前人金陵懷古詩的觸發，劉禹錫（七七二—八四二）寫下了著名的組詩〈金陵五題〉，而這組詩的寫作，竟在他本人遊金陵之前。在詩序中，劉禹錫不無自豪地引述了白居易的評語：

> 余少爲江南客，而未遊秣陵，嘗有遺恨。後爲歷陽守，跂而望之，適有客以金陵五題相示，逌爾生思，欻然有得。他日友人白樂天掉頭苦吟，歎賞良久，且曰：「石頭詩云：潮打空城寂寞回。吾知後之詩人不復措辭矣。」餘四詠雖不及此，亦不孤樂天之言耳。

如果說實際的占有是曇花一現的話，那麼對某一地方的詩性擁有則反倒有可能是永久的：「後之詩人不復措辭矣。」一首詩可以標誌白居易在那首絕句中所聲稱的主觀體驗性的擁有，而瞬間的可以轉化爲永久的（即使這種主觀體驗性的擁有純粹出於想像，如在劉禹錫的例子中）。所有後來的遊人，都會發現前人的詩篇在此地留下的印記，而且都會通過前人的詩來體驗此地。永遠占有一個地方，只有通過文本才能實現。

柳宗元（七七三—八一九）的〈鈷鉧潭西小丘記〉是有關購買、「詩性」體驗、文字表現的最有意思的文本之一。該文引我們發問：爲何要購置地產？顯而易見的答案是：爲了使用。不過，還須加上一條限定：所有權意味著擁有轉讓地產的權力，或者是把土地傳給子孫，使自己的所有權具有永久性。假如國家僅讓個人在其有生之年使用一塊土地，那就不能說成是「擁有」它了。這一點對我們很重要，因爲它和文學作品（一篇膾炙人口的詩作或是一種獨特的風格）的流傳恰好形成對照。比起土地來，作品或風格更能傳給後代，並依然繫於原主名下，證明他的所有權。

在中唐，詩人開始爲了經驗感受而花錢買地。從前，高官貴族早就在這麼做了，他們常邀請詩人來吟詠他們的莊園，借此來永遠地展現他們的占有物。柳宗元是在貶官流放時買地的，這不是一塊可以營利的地；由於它處於永州偏鄙之地，他也似乎不太可能有傳之子孫後代的打算。最重要的一點是，他完全用不著花錢購買就可以體驗感受這塊土地；只要他願意，原主似乎無意對他的來訪遊賞加以阻撓；而且倘若他留下什麼跟這塊地有關的篇什的話，地主還可能借此機會賺取錢財。那麼，柳宗元爲什麼要買下這塊地呢？唯一的解釋就是，他買它是爲了「擁有」它。所有權本身也開始具有價值。拿柳宗元自己的話來說，「余憐而售之」。對於這塊地如此執著留戀，與白居易的「愛山」如出一轍。

得西山後八日，尋山口西北道二百步，又得鈷鉧潭。潭西二十五步，當湍而浚者爲魚梁。梁之上有丘焉，生竹樹。其石之突怒偃蹇，負土而出，爭爲奇狀者，殆不可數。其嶔然相累而下者，若牛馬之飲於溪；其衝然角列而上者，若熊羆之登於山。丘之小不能一畝，可以籠而有之。問其主，曰：「唐氏之棄地，貨而不售。」問其價，曰：「止四百。」余憐而售之。李深源、元克己時同遊，皆大喜，出自意外。即更取器用，剷刈穢草，伐去惡木，烈火而焚之。嘉木立，美竹露，奇石顯。由其中以望，則山之高，雲之浮，溪之流，鳥獸之遨遊，舉熙熙然迴巧獻技，以效茲丘之下。枕席而臥，則清泠之狀與目謀，瀯瀯之聲與耳謀，悠然而虛者與神謀，淵然而靜者與心謀。不匝旬而得異地者二，雖古好事之士，或未能至焉。

噫！以茲丘之勝，致之灃、鎬、鄠、杜，則貴遊之士爭買者，日增千金而愈不可得。今棄是州也，農夫漁父過而陋之。價四百，連歲不能售。我與深源、克己獨喜得之，是其果有遭乎?書於石，所以賀茲丘之遭也。

值得注意的是，儘管柳宗元被這地方的天然魅力所吸引，他在買下小丘後所做的第一件事就是清掃它。他爲了可以發表流傳的文學體驗而購買小丘。開始，他被小丘的野性美所吸引，但是，文學體驗需要精心策劃和戲劇性的展示，他得清掃這個地方，來表明它已歸自己所有，把自然與人工結合起來。柳宗元對於「占有」本身，對於他有權規劃這一空間、把它打上自己的印記這一事實本身，感到其樂陶陶。

與太平公主不同的是，柳宗元並沒有在地產上蓋房造屋。他在荒野中圈定了一塊地；只有通過這樣的圈定過程，「購買大自然」這一自相矛盾的陳述才有可能成爲現實。柳宗元對鈷丘的第一印象是它類似於野生動物。然而小丘一旦成爲地產之後，情形又是如何呢：「由其中以望，則山之高，雲之浮，溪之流，鳥獸之遨遊，舉熙熙然迴巧獻技，以效茲丘之下。」富於想像力的作家把大自然轉化成了爲主人獻藝的表演藝術。空間被購置以後，原先隨意的形狀和動感似乎變成了一種展示形式，而這種展示形式在正常情況下是需要花錢雇用的。實際的占有，帶來安排布置物質世界的權力，與富有想像力的詮釋行爲之間形成了互動關係。

最能體現作者對所有權感到喜悅之情的，是他突發奇想，竟要將小丘移到京都去，因爲在那裡有其他懂得欣賞它的人，小丘可以從而身價百倍。占有經驗的一部分，是把占有物向他人展示，使他人也渴望擁有它。這在柳宗元的記述中，表現爲他從這宗買賣中獲得想像的利潤。在這裡，我們的「愛山人」，懂得如何欣賞山丘的人，在這宗買賣中撿到一個實際的便宜。但是爲了充分體會占有的樂趣，必須向人展示占有物，把它傳給他人。因此，柳宗元通過文本，在話語的層次上完成了他對小丘的占有。法律形式上的占有，是通過和唐氏所作的買賣交易實現的；而這篇「記」，則是一紙文化意義上的占有契約。

所有權的概念——這裡我說的所有權，是指一種遠遠超越了擁有某物以便實際使用的快感——是一個巨大的謎。一樣東西，或者一個地方，打上了某一個人的私章，繫於某一個人的名下。不難看出，這和具有特性的個人風格是多麼密切地相關。具有一種個人風格或者擁有一樣東西的快感，就在於向別人展示自己的占有物，且把他人排除在外。兩者都與人生無常的問題息息相關，且都要經受考驗，看是否有權力將它們傳給他人。對於物和土地的占有在這裡是較爲低劣的占有，因爲傳承的過程變幻無常，而所有權的合法性只能靠一紙文書來證明，因爲文書可以把所有權的譜系追溯到原主。擁有一種獨特的風格或者一篇不同尋常地描述了某一經驗或地方的作品，則是將所有權傳之後世的更可靠的手段。如果中唐在諸多盛唐詩人中選擇了李白和杜甫將其經典化，其道理正在於較諸其他盛唐詩人，他們兩人的詩風極爲獨特，一眼就能看出只屬於他們個人。

在中唐，以及在中唐對所謂盛唐的解讀中，我們發現了一種既新鮮又熟悉的個體意識，它和現實中與話語層次上的獲取與占有緊密相關。「所有權」既是經濟現象，也是文化和話語現象；也就是說，它包含了對占有物的讚美與展示，而這本身即是一種「文化資本」，是對價值的生產和創造。柳宗元花費家財，買得一塊在唐人看來是遠處邊陲的荒涼之地，他在話語層次上「改善」了這塊地，賦予這塊毫無價值的土地以價值。鈷鉧丘並不能養活柳宗元或他的後代，然而他的作品，一篇有關獲取的文本，則是一筆更有潛力、更可靠的文化資產，光大作者及其門庭。

自然景觀的解讀

西元八〇六年的夏日或初秋，韓愈遊長安近郊的南山，並創作了他那首著名的長詩〈南山詩〉以詠讚該處的風景。在以鴻篇鉅章描繪錯綜變化的山形後，在其結尾處，韓愈直接將它比喻作《易經》中的卦象：

> 或如龜坼兆，或若卦分繇。
> 或前橫若剝，或後斷若姤。①

---

① 從底下往上讀，「剝」卦包含了五根陰爻，以及頂端的一根陽爻。而「姤」卦則是底部的一根陰爻，以及上面的五根陽爻。

在自然景觀（landscape）中發現文本印記的季節業已成熟；同年秋天，在與孟郊一起試驗一種新型聯句時，針對孟郊之句，「窯煙冪疏島」，韓愈接以一個奇異而優美的意象：

沙篆印回平。

這一印記可能是某人或某一動物的蹤迹，因爲年輕的詩人李賀在八一一年回到他的故鄉昌谷時，回憶起同一意象，並點明了印記的來源①：

汰沙好平白，立馬印青字。

數十年後，在吟詠他在朱坡的莊園時，也許正是從李賀的詩中，杜牧（八〇三—八五二）拈

---

① 雖然他不可能讀過韓愈的這句詩，但與此同時柳宗元在謫居永州時期也寫了一首酬答劉禹錫的長篇山水詩，其中有句雲：「濡印錦溪砂」。柳宗元用了一個石字旁的「砂」，與「沙」字基本同義。孟郊在他的〈秋懷〉其二中則用了一個室內的意象，將其纏綿病榻之軀喻作留下印記的印章：「席上印病文。」中文裡的動詞「印」比英語更富於喻意，而在英語中「print」（如 footprint）則是一個已死的隱喻。「印」特別暗示了蓋印章的行爲。

出了同樣的「印痕」：

沙渚印麑蹄

杜牧這位晚唐詩人，對這一意象做了重大的調整：在保留象喻動詞「印」的同時，他放棄了將印痕比作書寫文字的明確比喻。

然而出現在〈南山詩〉的風景中的坼龜或斷卦的意象，完全不同於韓愈與孟郊的〈城南聯句〉以及李賀〈昌谷詩〉中字迹印在山水上的意象。這些差異暗示了這些詩在再現自然方式上存在的更爲深刻的分歧。卦的喻象乃是由內裡生發至表面的自然的圖案格局。特定的卦象只有作爲已知的整體系統的組成部分才具有意義；局部向我們指明了囊括它並賦予它意義的整體。相反，印在沙灘上的字跡的意象則是瞬間的、零碎的痕跡，它們從外部闖入自然景觀之中。它們是不連貫的意符，標識了流逝和過往，本身也是在過往中受到注意，這種圖案格局作爲文字是不可讀的。

對於景觀的繁複再現顯示了對自然秩序（或其缺席）的認知。自然秩序作爲中古詩歌修辭不可或缺的組成部分，曾使得先前的詩人對於大自然的明晰可喻產生了一種毋庸置疑的可靠感。對仗及其他詩歌語言的傳統規範乃是二元論的宇宙觀和自然科學的文學呈示：一聯詠山、一聯詠水，一行寫聞、一行寫見，仰視與俯窺相平衡。無論是大自然本身還是文字表現手段都是一種富於成效而又可靠的機制①。儘管中古時期的文字表現手段在中唐仍得以賡續，對於某些作家來說自然景觀乃至於整個大自然的秩序卻令人產生了疑問，這是近幾個世紀以來所未曾有過的。和根植在文字表現程式中的認知不同的是，疑問會派生不同的模型與假說，以及一組組對立的立場，對立的立場相互包含和暗示了彼此。

針對自然秩序所發出的疑問，使得中唐詩的自然景觀產生了巨大的分野，其複雜性難以簡單概括。然而從上面所引的詩歌當中，我們還是可以發現一對尤其重要的對立立場。在一個極端，中古時期的秩序可以被清楚明晰地表述出來，大自然被表現爲具有建築性結構的、刻意構造而成的、清晰明澈的，每一部分都融會入一個整體之中。對於在大自然中找到結構完整性的強烈需要，本身已經包含了和它截然相反的立場。在這一相反的立場中，自然不過是衆多細節的大雜燴和拼盤，或缺乏內在統一的秩序，或暗含一種隱秘而晦澀難解的秩序。面對著具有建築結構的自然，人的主體意識可以與之保持一定的距離，從宏觀

① 古典詩歌的修辭機制的這一層面更強烈也更鮮明地體現在賦當中，賦的表現方式通常呈現爲非個人化的而不是經驗化的。關於宇宙觀與修辭學的關係，請參閱 Stephen Owen, *Traditional Chinese Poetry and Poetics: An Omen of the World*（Madison: University of Wisconsin Press, 1985）, pp.78-107.

上把握這一整體；而當置身於支離破碎的大自然之中，主體意識則迷失了方向，沉湎於局部的細節當中。

具有建築結構的自然景觀通常包含了多種對稱，一個界定運動和制約對稱的中心，以及根據經驗組織空間的核心情節（比如採用視點在風景畫面中的位移來獲致某種啓示或認識）。具有建築結構的空間是整體性的、自成系統的；也就是說，它的有效性取決於其包含所有的局部並將它們作爲整體的組成部分或者整體的縮微再現進行綜合的能力，而被表述的有限空間的整體性在結構上則是全部自然空間的縮影。在具有建築結構的景觀中，主體總是「知道他站在哪裡（也就是說，知道自己在自然中的位置）」。

韓愈的〈南山詩〉是這一建築化再現的一個精彩範例，其中每一個描寫成分都能在整體的明晰秩序中找到自身的位置。〈南山詩〉是一首很長的詩，包含了複雜的對稱，有感發力的中心，以及關於「覺悟」（enlightenment）的敍事，這一敍事在以文字描述對大自然秩序進行再現的過程中達到了高潮①。在下面所引的詩的尾聲部分，韓愈謳歌了宇宙有意安排的秩序，而且作爲人間的見證人，對造物主深表崇仰之意，以錯綜複雜的文本作爲獻禮，作爲對

① 關於〈南山詩〉的詳細討論，請參閱 Stephen Owen, *The Poetry of Meng Chiao and Han Yü*（New Haven: Yale University Press, 1975）, pp.198-209.

紛繁錯雜的世界的文字仿真與補充①：

大哉立天地，經紀肖營腠。
厥初孰開張，僶俛誰勸侑。
創茲樸而巧，戮力忍勞疚。
得非施斧斤，無乃假詛咒。
鴻荒竟無傳，功大莫酬僦。
嘗聞與祠宮，芬苾降歆臭。
斐然作歌詩，惟用贊報酭。

這是一段精彩的篇章，它始於將山比作人體，然後直接轉向這一身體的創造者。由於在中國中古時期的宇宙觀中非人格化的、造物主闕如的自然界中竟會產生韓愈在南山中所發現的極

① 我想著重強調圍繞著「造物主」這一術語運用而產生的一些重大問題。雖說顯然不是猶太基督教神借助於邏各斯（logos）才從無到有創造宇宙（事實上，韓愈很明晰地表述了宇宙創造所必須的慘澹經營），這一術語仍值得保留，用以區別有意構造出來的大自然與作為純粹機制的大自然。

富對稱感的秩序，我們也許會感到困惑，究竟是什麼促發韓愈在這裡杜撰出一個造物主來。在中唐時期的作品中我們常常會發現有這麼一些假說，試圖將秩序和目的性聯繫起來，而人的主體則是這種有目的的秩序的最終秉承者。人的主體不再像中古時期所相信的那樣是自然秩序的一個不可或缺的部分，而是被納入和具有目的性的神明的關係之中——這一神明可以十分仁慈，卻也常常顯得無情與冷漠。由這種具有目的性的神明所塑造或影響的物質宇宙，降爲單純的媒介，神明借助於它爲人所知，而人的主體也藉助於它而受到影響。

從非人格化的宇宙觀轉向將大自然看成是由有目的性的神明所影響的，這一遽變，在中國的傳統中很難找到依據。也許正因如此，對於有目的性的大自然的文字再現多半是假說，詩意的虛構，或者僅僅是戲謔嘲弄而已。而把這種情況當真的作品（正如有時在孟郊與賈島的詩中所見的那樣）則帶有一種強烈到近乎瘋狂的情感意味。

韓愈對造物主偉績的景仰是一種詩意的感發，充其量也不過是一種宗教性的衝動；它不是宗教信念。造物主因權宜之需被錯置於一個遙遠的往昔，而他的業績也只有通過造物的完善才能被推知——通過書寫傳統的斷裂（「鴻荒竟無傳」），詩人迴避了一種更有潛在威力的權威①。

① 這裡回應了該詩前面的一個段落（五—十行），在這一段落中，韓愈曾審視前人有關南山的篇什，指出它們的不足，並決定自己觀察南山。

韓愈的詩具有多重功能。它填補了由於書寫傳統的斷裂所留下的鴻溝；通過對天工的承認與酬報，它造成了交易的平等（而承認神祇的服務與勞役則在無意中打造出韓愈作爲一個帝王或文學精英成員的形象）；在慘澹經營這個微雕景觀的創造過程中，韓愈把自己放在了造物主的位置，這首詩是第二性的創造物，而韓愈自己，就是這第二性創造物背後的那個有目的性的神明。

〈南山詩〉是宇宙的，也是帝國的，它包羅萬象，所有種類繁多的細節，都能在有序的整體中找到自身的位置。位於長安城南的地方性景觀，是一個微型宇宙，它與其說是某一特定的地點，還不如說是整個帝國疆域的模型。詩歌對於自然秩序的觀照所給予人們的是壯觀而又穩定的印象，而且，對於另一種截然不同的、將大自然予以碎片化的再現，是一種有效的陪襯。在碎片化的自然景觀中，巧妙構築的局部是在整體統一連貫的背景下被發現的。在這裡，對於局部細節的沉湎拒絕被納入宏觀整體。

在李賀的〈昌谷詩〉中，大自然呈現出太多令人心醉的細節，這些細節吸引了詩人全部的注意力。詩中有一些瞬間引導詩人穿越自然界——小徑，若干界標，從山林向田野的轉移——然而這些有序空間的路標的主要作用，不過是引導詩人重複迷失的體驗，使他一再爲局部細節的神奇所吞噬。詩人的關注點在各個方向、各種程度上狂亂地來回搖蕩，而在吸引詩人注意力的華美圖案中，大自然的神奇與詩歌的工巧幾乎難解難分①。

昌谷五月稻，細青滿平水。遙巒相壓疊，頹綠愁墮地。
光潔無秋思，涼曠吹浮媚。竹香滿淒寂，粉節塗生翠。
草發垂恨鬢，光露泣幽淚。層圍爛洞曲，芳徑老紅醉②。
攢蟲鎪古柳，蟬子鳴高邃。大帶委黃葛，紫蒲交狹涘。
石錢差復籍，厚葉皆蟠膩。汰沙好平白，立馬印青字。
晚鱗自遨遊，瘦鵠瞑單峙。嘹嘹濕蛄聲，咽源驚濺起。

① 作於八一一年的〈昌谷詩〉明顯受到孟郊和韓愈作於八〇六年的〈城南聯句〉的影響。兩詩在描寫的風格上有著驚人的相似，也有許多特殊用語的沿襲。在某種深層意義上，李賀是在重構〈城南聯句〉所獨具的特殊的審美快感。〈城南聯句〉像所有的聯句那樣，基於創作參與者的連鎖回應，這就不可能使詩歌實現建築結構性的統一。然而〈城南聯句〉也是一種形式上的經驗，它的獨特之處在於，一聯上下兩句分別由兩位詩人完成。這就把詩的重心一來放在機巧上，而機巧通過詩人觀察到的奇妙細節得到體現；二來放在斷裂性上，因爲每一聯的首行都構成了挑戰。李賀注意到這一形式的潛在的美學可能性，就此創造出一篇獨特的作品。正如李賀利用這一形式來描繪他的家鄉，數十年後，杜牧在〈朱坡〉一詩中，又再度利用它來描繪他祖先的莊園。

② 指花瓣。

紆緩玉真路，神娥蕙花裡。苕絮縈澗礫，山實垂赬紫。
小柏儼重扇，肥松突丹髓。鳴流走響韻，壟秋拖光穟。
鶯唱閔女歌，瀑懸楚練帔。風露滿笑眼，駢岩雜舒墜。
亂篠迸石嶺，細頸喧島毖。日腳掃昏翳，新雲啓華閟。
謐謐厭夏光，商風道清氣。高眠服玉容，燒桂祀天幾。
霧衣夜披拂，眠壇夢真粹。待駕棲鸞老，故宮椒壁圮。
鴻瓏數鈴聲，羈臣發涼思。陰藤束朱鍵，龍仗著魈魅。
碧錦帖花檉，香衾事殘貴。歌塵蠹木在，舞綵長雲似。
珍壤割繡段，里俗祖風義。鄰凶不相杵，疫病無邪祀①。
鮐皮識仁惠，丱角知靦恥。縣省司刑官，戶乏詬租吏。
竹藪添墮簡，石磯引鉤餌。溪灣轉水帶，芭蕉傾蜀紙。
岑光晃縠襟，孤景拂繁事。泉樽陶宰酒，月眉謝郎妓②。
丁丁幽鐘遠，矯矯單飛至。霞巘殷嵯峨，微溜聲爭次。

---

① 根據《禮記》，鄰家有人故世的時候不可以用杵。

② 陶宰指陶潛，謝郎指謝安。

淡蛾流平碧①，薄月眇陰悴。涼光入澗岸，廓盡山中意。
漁童下宵網，霜禽竦煙翅。潭鏡滑蛟涎，浮珠噞魚戲。
風桐瑤匣瑟，螢星錦城使②。柳綴長縹帶，篁掉短笛吹。
石根緣綠蘚，蘆筍抽丹漬。漂旋弄天影，古檜拿雲臂。
愁月薇帳紅，罥雲香蔓刺。芒麥平百井，閑乘列千肆。
刺促成紀人，好學鴟夷子③。

如果說韓愈的〈南山詩〉具有一個常態身體的有機統一性的話，那麼該詩前半部分所描繪的昌谷的茂林，到處散落著女性胴體的碎片。該詩明顯缺乏建築構造的統一性：有一條迂曲的小道通向玉真神娥的廟宇，然而神娥的殿堂很快轉化爲故宮的頹垣斷壁。不過詩人永遠無法看到茂林的整體；它以其神秘而孤立的多重存在淹沒了他。詩的後半部分嘗試以一種父

① 「淡蛾」可以從字面意義上來理解，但更可能是指眉毛，轉而令人想到新月。「蛾」也可以是「娥」——月宮的嫦娥。按字面意義理解的「蛾」也是頗具魅力的解讀，因爲韓愈在〈城南聯句〉中有一句詩這樣描寫一座廢園：「白蛾飛舞地。」

② 漢代的李郃根據兩顆流星，判斷出從朝廷出巡成都（錦城）的使者正在路上。李賀似乎戲將螢火蟲喻此。

③ 「成紀人」指漢代大將軍李廣，李賀自稱是其後裔。「鴟夷子」是指越國大夫范蠡，他棄官而遠遁於江湖之間。

權社會的田園來抵消湮沒一切的母性景觀，開始時展現一幅井然有序的田野景象，但它旋即卻又化作令人沉湎的碎片。

重要的是，這首過於綿密、幾不可讀的詩，呈現的是李賀家鄉的風光。這是一個缺乏建築秩序的空間，因爲它無法從外界來探測；這裡，缺乏視點的穩定性。末了，李賀試圖退到一個固定的景點，做出最後的判斷，而只要看看前幾聯詩句就會發現，這只是一個非常勉強的舉動，將詩人的注意力從薔薇帳及罥雲的香蔓間引開。除此之外，僅有的一個朝向風景畫面的位移，便是由神娥的女性化茂林向井然有序的田野景致和一個道德純樸的農業社會的轉折。這一轉折開啓了一連串誘人的意象：消逝的舞裙在彩雲的意象中得到回應，織錦突然化作拼接成農田圖案的「割繡段」。井然有序的結構通過暴烈地撕裂流動性更強的形狀得以建立。在以幾行筆墨讚美當地民風之後，李賀重又全神貫注地精心編織起詩聯，再度成爲趴在一張巨型繡毯上的孩童，聚精會神地陶醉於縐褶間精雕細刻的花紋之中。每一個誘人的細部都與地域的特徵相呼應，不管是彌漫於茂林的神娥的女性存在，還是父性田園的怡然自適。但這些細部從本質上來說是不連貫的，我們也無法判斷這些細節是地域本身的魔力還是詩人的匠藝①。

① 有關湮沒一切的母性存在，李賀家鄉的景色，以及創作支離破碎的詩行與詩聯之間的聯繫，請參閱本書九〇—九二頁。

繁複的碎片化景觀的審美價值，與九世紀初葉以賈島、姚合等詩人的作品爲代表的律詩的嬗變有關。在此後的數十年間，這一新美學又在許渾、雍陶等衆多詩人的詩作中得到新的發展。在這些律詩中，精彩的頷聯和頸聯經常襯托以往往顯得平庸的首聯與尾聯。頷聯和頸聯成爲襯墊上的寶石，把注意力引向自身以及它們相對於整首詩的獨特，而不是它們與詩作整體的融洽與協調。詩聯的美本身抗拒整合。這些詩通常是應景之作，作爲應景詩，它們將賦詩的行爲本身置於更爲廣泛的社會生活之中。作爲一個整體的詩篇應該再現活生生的經驗與情感；通過將關注的焦點從作爲整體的詩篇移向詩聯的精緻（詩聯通常是單獨創作的），詩人使讀者關注他的藝匠身分，而不是其社會屬性。從形式和社會的角度來看，這是一種「疏離」的手段——使真正的詩人有別於芸芸衆生，並將關注點轉向技巧的精湛，來打破社會文化對完整統一的常態結構的追求。

以部分來抗拒整體，在律詩當中相對來說要表現得更直接一些。在像〈昌谷詩〉這類長篇風景詩中，衆多精雕細刻的詩聯拼接起來，以致令人眼花撩亂，幾乎感到壓抑①。我們無法獲得對這一空間的整體觀照（正如韓愈在〈南山詩〉所做的那樣），並將其諸多細節精簡爲

① 這樣的風景在某種程度上要歸功於鋪陳描述性的長篇排律形式，不過，排律總是通過嚴格的修辭秩序來控制詩聯。

宇宙整體秩序的圖解。南山是宇宙的微觀縮影；昌谷則是一個獨特的地域，與其他地域絕不類似。在很多傳統批評家看來，〈南山詩〉是漢語語言裡最偉大的詩篇之一；李賀的〈昌谷詩〉則艱澀沉悶，而且作爲一個整體來說是有嚴重缺陷的。然而如果單獨看起來，李賀的詩行或詩聯本身卻更能帶來愉悅，而且比〈南山詩〉中的任何一行或一聯更經得起玩味。

自然秩序的建築構造化和有意的碎片化，向心力和離心力，在歷史上幾乎是同時出現（請注意〈城南聯句〉、〈昌谷詩〉的範本和〈南山詩〉同時作於八〇六年）。對立面的每一方都能夠生發另一方；我們很難說哪一面先發生。我們可以說，對於整體化秩序的明白確認是對沉湎於個體局部的補償，但也可以說，對於個體局部的迷戀是對漸趨明確的整體性話語的反動。然而，我們確實知道，對立面的雙方相對於早先在八世紀占主導地位的中世紀秩序來說，都是非常陌生的。中古話語設定宇宙秩序的存在，然而它僅僅是讓這種秩序停留在設定的層面，卻並不嚴格要求每個個體局部都有其自身的位置。在〈南山詩〉中，韓愈邊描述邊詮釋，他的描述支援了他的詮釋。在〈昌谷詩〉中，李賀僅僅是偶爾做出明確的詮釋姿態，但這些姿態旋即爲細節中的圖案所吞沒。

到了中唐時期，我們已經開始走向我們所熟悉的近代中國的新儒家世界，在這一世界裡，對於自然和道德秩序的明白確認，構成了一個表面，其下的洶湧潛流則渴望沉溺於個體局部、沉溺於當下的瞬間——無論是聲色，是暴力，還是藝術。這一對立有助於說明衆多道學家對詩聯的工巧所持的固執的敵意。這種反感，比起對荒嬉之娛的批判，把詩聯視作浪費時間的玩物，要懷有更深的成見。詩歌的技巧被看成是儒家文化中詩歌所應當扮演的教化角色的對立。盛唐詩歌的詩聯，以其根植於宇宙法則的修辭基礎，似乎強化了自然秩序。然而中唐及晚唐詩人卻傾向於尋求和構築「奇」，精緻的、不能再縮減的個體局部，基於機智或神秘之上的類比。這些詩聯所引發的愉悅感令人沉溺其中，和重大的問題相悖，而且，是在與之相反的基礎上構築起來的。

我們的對立組項，即自然秩序的整體性的、建築構造式的再現，與誘人而抗拒整合的碎片的堆砌，劃出了一個可能性的領域，卻沒有解說在兩種極端之間會發生什麼。於是問題就出現了：我們究竟是在一個構築經營而成的、可被闡明的世界，還是在一個充滿神秘和不能進一步簡化的奇景的世界棲居？在山水景觀或自然世界的背後，究竟是否潛藏著某種神靈或是有目的性的神明？

自西山道口徑北，踰黃茅嶺而下，有二道：其一西出，尋之無所得；其一少北而東，不過四十丈，土斷而川分，其積石橫當其垠。其上爲睥睨梁欐之形。其旁出堡塢，有若門焉，窺之正黑。投以小石，洞然有水聲；其響之激越，良久乃已。環之可上，望甚遠。無土壤而生嘉樹美箭，益奇而堅；其疏數偃仰，類智者所施設也。噫！吾

> 疑造物者之有無久矣，及是，愈以爲誠有。又怪其不爲之於中州而列是夷狄，更千百年不得一售其伎，是固勞而無用。神者儻不宜如是，則其果無乎！或曰：「以慰夫賢而辱於此者。」或曰：「其氣之靈，不爲偉人，而獨爲是物。故楚之南，少人而多石。」是二者，余未信之。①

柳宗元在貶謫至永州期間所作的《小石城山記》，作於八〇六年或稍後的一段時期內。對於自然景觀是否有意的建構和山水背後的造物主問題，它做出了一番黑暗而又精微的思考。這一山水景觀表面上似乎是「建築式的」因而也是包含某種意圖的，但結果卻發現，它原來不過是一樣隨機的、偶然的奇蹟，正因爲它與帝國的版圖是分離開來的。

柳宗元的遊記一開始就標示方位，給讀者指路。我們要注意到，這些方位的精確程度，與位於帝國邊陲、南方荒野之地的永州，是脫節的。這不是近現代導遊圖志的一種。由於寫作是一種公衆行爲，柳宗元必然設定了北方中原地帶的讀者對象，可是就連其他被流放的王叔文集團成員也不太可能前往永州，有些人甚至直到回到京師才會讀到他的文字描述。柳宗元在標示一個精確的方位，卻並沒有指望它們會被拿來當作指點方向的導遊文字。其實，即

① 柳宗元，《柳宗元集》（北京：中華書局，一九七九年）頁七七二—七七三。

使是在描繪人們比較有可能前往的地區的文字中，那一時代的作家們也不常像柳宗元在〈永州八記〉裡這樣清楚地「指路」。那麼，他這樣做究竟是在幹什麼？柳氏在爲他人繪製一幅想像的空間，使其帶有邊塞情調的新穎陌生變得熟悉，在荒野間構築一個可以理喻的版圖秩序。一位長安的讀者很可能對於永州的位置只有極其模糊的印象，而柳宗元的描繪卻讓他能夠辨明小石城山相對於永州其他地理場所所處的方位。通過在荒野中營造一個令人感到熟悉的綠洲，柳宗元預示了他在下文中將要提出的問題。

這裡提到西出的那條道路具有特殊的意味，因爲這條路本身不通向任何有意思的地點。那麼，究竟爲何還要提到它呢？無疑有千百個其他細節未被述及，然而柳宗元卻選擇了爲我們記述一條歧路。提到道路之西出，是在形式上摹擬指路：它不可能有其他意圖。向西的道路岔到一片空茫之中，一無所有：那是荒野的邊緣。秩序與方向的問題在這裡成了頭等大事：它們是荒野的對立面。柳宗元形容他此次誤入歧途的初遊，用了一個很簡單的詞，然而在當時的詩學中卻包含了豐富的意味：當他西行時，他「無所得」。「得」與寫作具有密切關聯（當詩人在某一特定環境中寫下一聯詩或一首詩時，常用「得」字來形容）。要使空間變得可以理喻，你必須「得」，而「得」則要求它具備語彙或是一個名字，這是我們可以確定一個場所相對於另一場所的方位以及解釋所走路徑的唯一辦法。永州的西山和黃茅嶺顯然不爲身居京都的讀者所知，然而提及它們彼此間的關係，是用名號來繪製地形圖。「名」在這一語境中具有獨特的涵義：它們不是「名山」，在中國的想像版圖上標誌出可知的參照點。西山和黃茅嶺不過是地方版圖上的名字，只有永州地區的人才知道。

還有一條路，有所得的路，向北，再折向東。這條路在川流的分叉處忽然斷開。我們注意到小石城山並非全憑機遇才順路探到的意外發現；它是一個終點；道路通向該處，隨即終止了。柳宗元將其看成是一個新發現，是一個「得」；然而是道路領著他信步至此，而他用了「小石城」這個名字，彷彿這名字早已有之。也許是柳宗元自己爲山取的名；也許是柳宗元對其早有所聞，而且是他此次行程未經挑明的目的地。我們從文中所知的只是：他與它的相遇彷彿純屬巧合，而且它有一個名字。有名字的山拓展了可以理喻的空間；這不同於那條西出道路所通向的純粹的荒野。

命名需要的是區別，能夠識別某一場所並將它與其他場所區別開來的能力。荒野，顧名思義是不存在任何區別的。區別，使山成爲可名之物的行爲，在這裡是通過類似、通過隱喻來表達自己的：山絕似一堵城牆（這裡我們可將它與酷肖各種動物的鈷鉧丘相對照）。這種相似造成幻覺，似乎它具有蓄意造成的、可以辨認的形式。在形式方面，岩石看起來可以像是一堵城牆，但這本身並不足以保證有目的性的秩序的存在。然而，當柳宗元思忖嘉樹美竹的排列，這種供人體驗的非類比性美學秩序（正如他自己在清理鈷鉧丘時所建造的秩序那樣），使得柳氏懷疑這裡的大自然乃是「智者」有意策劃構築而成的。大自然與人工構造物的大體相似並不能證明自然類比藝術；能證明這一點的，是兩者共有的構型感。

這促發了柳宗元對於造物者的一番妙思。開始時，柳宗元憑直覺意識到大自然中存在著某種有意的組織安排，這似乎證實了造物者的存在。但柳氏隨即對這一設想進行反駁，而他的反駁也建立在引人入勝的前提上：造物主的創造物，乍看之下似乎能使這一獨特地點的秩序與世界的其他部分相諧調，但是作者突然決定這是不可能的，這不爲別的，正是由於這個地點被四周的荒野所包圍，一個局部的、顯然是有目的性的秩序與整體的秩序並無關涉。有目的性的秩序使歸屬或擁有成爲可能，它的成立取決於得到展現，取決於爲人所賞識。倘若小石城山這一特殊的景觀是造物主有意的構造物，那麼這就是造物主在「售其伎」，而這需要有一位賞識者的存在才能實現。只有在得到觀者賞識的時候，這一獨特的技藝表現才可能是有意的；但是，小石城山所處的地理位置卻使這種可能性成爲問題。值得注意的是，這座山特別像是城牆，而城牆則是中原文明的標誌。倘若我們假設荒野沒有城牆與城池，未經開化的當地人又如何能夠識別一種通過貌似中原文明來獲得自身身分的地理特徵呢？柳宗元顯然並不覺得他自己的偶然造訪值得讓造物主花費大氣力創造這一景觀。

小石城山只能是荒野之中的假冒堡塢，它與城堡相似乃是出於巧合而非有意模仿。命名取決於秩序，而秩序則取決於得到辨識的可能性。秩序終究只能是一種展示。於是柳氏得出結論：神「不宜如是」。由此柳氏推斷造物主不存在，無論是在小石城山的形成過程中還是在整個宇宙之中。這個結論給了我們一點啓示，使我們了解柳宗元的描述為何會採取這一形式：它是一種文學展示，在為他人寫作的文字中，把永州周圍的地域組織成有意義的版圖，但最終這一版圖只有通過個人的體驗才能獲得意義。

柳宗元的文章結束於兩種他人提出的虛擬解釋，每一種解釋都在試圖說明這一顯然是大自然有意安排的結構為何竟會置身於荒野之中。第一種解釋訴諸柳宗元自身的處境：奇景被安置於此地是為了給柳宗元帶來安慰，並非為了博得中原人士的普遍讚賞。這一解釋把太多目的性賦予造物者，令人難以置信；如此具有遠見、又對人如此關懷的造物者，只能是出於好心而編造出來的神話。第二種解釋將奇石視作中土有識之士在荒野中的對應，則難以算作一帖安慰劑，因為它將奇景的生產僅看成是一種純粹的機制對當地材料加以利用，缺乏目的或意義。柳氏援引上述兩種解釋，只是為了加以駁斥。我們最終所面對的是難以喻解的大自然，其表面上的奇蹟乃係純屬偶然的構造物①。

我沒有提到柳宗元對小石城山的描述中一個關鍵的段落。柳氏注意到山間某處「有若門焉」；這是一扇通向城牆仿製品內部的門扉，這一「內部」應該是人工構築的目的所在。柳

① 在西方，「大自然的美」的觀念的興起源於與目的論有關的神性造物主的觀念，它與藝術作品中對終極目的的直覺密切相關。這些是康德《判斷力批判》中的核心問題。

氏來到「門」邊，向深不可測的黑暗內部窺視。他隨即投下一塊小石子，濺起了一陣水花，「洞然」有聲，那是仿真構築物中心的空洞發出的迴聲。

在南山和〈南山詩〉的中心，韓愈來到一泓湫潭前，這是龍的巢穴，嬗變的源頭。怪獸隱匿不見，正如造物者在篇末隱匿不見一樣。然而，山／詩的中心位置仍然有著神聖的痕跡。

因緣窺其湫，凝湛閟陰獸。
魚蝦可俯掇，神物安敢寇。
林柯有脫葉，欲墮鳥驚救。
爭銜彎環飛，投棄急哺㲉。

這和〈小石城山記〉形成了最有意味不過的對照：柳宗元筆下的山，坐落於荒野之間而非帝國的中心，山中也有一泓潭水，但它空空洞洞，一無所有。南山是一處可讀的山水景觀，有起因，有中心，也有富於意義的對稱。小石城山則是偶然的相似，是對精心策劃的秩序的一個嘲弄而已。

詮釋

在九世紀之前的唐代文學作品中，對自然和社會現象的詮釋一般都是以傳統知識爲基礎而進行的重述和擴充。然而傳統知識對於某一個具體問題的看法並不總是完全一致的。比方說，有人想寫一篇天論，就有種種不同的關於天的論述供他吸收利用。像「天道」這樣大的題目，儒釋道三家都有不止一種論述傳統，爲展開這樣的課題提供權威性依據。立論上的翻新可以是將不同的說法糅合起來，或重加改裝①。這是一個講求權威尤其是文本權威的時代，而這樣的權威又有社會體制結構作爲支柱②。七世紀和八世紀的這一特徵，比其他任何現象，

① 我在這裡避免使用「獨創性」（originality）一詞，而把它僅保留給某種特定的情形，也即創新的行爲與創新者本人的特質是密不可分的。

② 我們應當在權威話語和不變的社會性或知性世界之間作一個明確區分。權威話語不過是對延續性和恒久性的肯定。事實上，在這幾個世紀裡的確發生了巨變，而許多看起來富有權威性的立場實際上來源於近代。

都能說明爲什麼可以從廣義上用「中世紀」（medieval）來概括這一時期。如果我們接受這一概括，那麼中國的中世紀則終結於中唐。

在中唐以前，寫作基本上是一種公衆性的表述，即使是在構築私人空間時也是如此。那時，一個私人生活的天地，一個在價值取向上可以與個人對公衆價值的承諾相分離的空間，尚未建立起來。在中古時代，對於隱逸之樂的吟詠會被解讀成批評時政。然而在中唐，一個像白居易這樣的作家宣言家居之樂，卻不會引發類似的懷疑。

詮釋以「個人」的面目出現，是中唐寫作的最顯著的特徵之一。與此相關聯的，是在原來不需要詮釋的地方提供詮釋。我們可以將它與歐洲思想史上相對應的時期做一番比較：在文藝復興及新教改革時期，教會和亞里士多德學派的傳統文本權威受到了挑戰；在這樣的情形中，對傳統文本權威的抨擊是以對新權威的確認爲後盾的，而新的權威來自於實際觀察、理性、不通過教會而直接訴諸人心的上帝等。但是，儘管這些都構成了對傳統文本權威的挑戰，它們卻都不是真正的「個人化」詮釋。從機智而充滿奇想的十七世紀，到某一種詮釋成爲必須在注解裡面加以承認的個人資產的現代世界——只有在這期間，「個人化詮釋」才作爲一種觀念在西方生根。

明顯十分個人化的詮釋曾在中唐出現過一時，且其出現的方式也很奇特：這樣的詮釋帶著權威的口吻，卻並沒有任何權威的依據。而且，它們也並不訴諸理性或者個人的學習與思考（這些在宋代變得非常重要）①。也就是說，中唐作家的口氣，常常帶有權威性詮釋的不假反省的自信，然而卻沒有約定俗成的傳統公理作爲依據來支撐自己的立場。其結果便是產生了各種不同的理論口吻。其中之一便是設想在這個世上存在著一種妖魔化的、充滿威脅、不可理喻的秩序，帶有強烈的妄想氣息，如我們在孟郊和李賀的詩中所見到的。個人化詮釋的另一個常見後果，是提出或者富於諷刺性、或者帶有反諷可能的假說。帶來問題最少的，是白居易戲謔性的詩作，通常就細節瑣事發一通機智的議論。比較麻煩的是韓愈的一些文章，對嚴肅的情境做出解釋，而其解釋又是如此不合常軌，以至於令人不知該如何對待。比如說他的〈鱷魚文〉。

> 維年月日，潮州刺史韓愈，使軍事衙推秦濟，以羊一豬一，投惡溪之潭水，以與鱷魚食，而告之曰：「昔先王既有天下，烈山澤，罔繩擉刃，以除蟲蛇惡物爲民害者，驅而出之四海之外。及後王德薄，不能遠有，則江漢之間，尚皆棄之以與蠻夷楚越，

① 參見 Steven Van Zoeren, *Poetry and Personality: Reading, Exegesis, and Hermeneutics in Traditional China*（Stanford: Stanford University Press, 1991）; and Peter Bol, "This Culture of Ours"（Stanford: Stanford University Press, 1992）. 中譯本《「斯文」：唐宋思想的轉型》（南京：江蘇人民出版社，二〇〇一年）。

況潮嶺海之間，去京師萬里哉？鱷魚之涵淹卵育於此，亦固其所。今天子嗣唐位，神聖慈武；四海之外，六合之內，皆撫而有之。況禹跡所揜，揚州之近地，刺史縣令之所治，出貢賦以供天地宗廟百神之祀之壤者哉？鱷魚其不可與刺史雜處此土也。刺史受天子命，守此土，治此民。而鱷魚睅然不安溪潭，據處食民畜熊豕鹿獐，以肥其身，以種其子孫；與刺史抗拒，爭爲長雄。刺史雖駑弱，亦安肯爲鱷魚低首下心。伈伈睍睍，爲民吏羞，以偷活於此邪？且承天子命以來爲吏，固其勢不得不與鱷魚辨。鱷魚有知，其聽刺史言。潮之州，大海在其南。鯨鵬之大，蝦蟹之細，無不容歸，以生以食，鱷魚朝發而夕至也。今與鱷魚約：盡三日，其率醜類南徙於海，以避天子之命吏。三日不能至五日；五日不能至七日；七日不能，是終不肯徙也；是不有刺史，聽從其言也；不然，則是鱷魚冥頑不靈，刺史雖有言，不聞不知也。夫傲天子之命吏，不聽其言，不徙以避之，與冥頑不靈而爲民物害者，皆可殺。刺史則選材技吏民，操強弓毒矢，以與鱷魚從事，必盡殺乃止。其無悔！」①

在〈鱷魚文〉中，韓愈有意把自然界的道德法則（和國家政體的道德法則密不可分）強加於

① 馬其昶《韓昌黎文集校注》（上海古籍出版社，一九六四年）頁三三〇—三三一。

一個實際上不可能發生的情形①。他訴諸皇帝賦予他的權力，限令鱷魚離開潮州。接著他提出了另一種可能性，也就是說，國家政體的道德法則也許沒有辦法傳達給自然界，而鱷魚也許確係「不靈」之物②。在文章結尾處，我們無法也無須在這兩種不同的詮釋之間做出選擇。如果鱷魚不走的話，那它們要麼是有意抗拒，要麼是愚蠢不靈，而無論是哪種情況，對牠們都該趕盡殺絕。

正史中的韓愈傳特意告訴我們說鱷魚果真離開了潮州。給故事加上這樣一個結局，是因爲必須承認國家政體在自然界中的道德權威。這樣的一個結局，是唯一能使這一重要問題（按即鱷魚到底是有意抗拒還是愚蠢不靈）不再懸而未決或懸而難決的。然而與此同時，鱷魚果真離開了潮州這樣的消息將我們帶入了「奇」的領域；也就是說，這則故事值得載入史冊，只不過因爲韓愈的文章產生了出人意料的結果。而韓愈在文章末尾讓上述問題懸而未決，因此得以把它控制在一個合乎常理的範疇之內。

讓我再複述一遍：倘若鱷魚不走的話，那麼牠要麼是有意抗拒，要麼是愚蠢不靈，無論

① 我們也應該注意到，就像在〈諫迎佛骨表〉、〈答李翊書〉中那樣，〈鱷魚文〉也是通過排拒、通過驅除外來的、「不合適」的因素來立論的。

② 「靈」是一種「神明」的屬性，然而它也是萬物心智的屬性；所以《書經》說「惟人萬物之靈」。

是哪種情況，對牠們都該趕盡殺絕，而在這兩種詮釋之間卻很難定奪。我個人傾向於認為鱷魚並未離開潮州，而且韓愈本來也沒有指望牠們會離開。韓愈的文章，有意地（也許是機智地）對大自然是否「有知」或「有靈」提出質疑，而史傳的記載讓鱷魚離開，是唯一能夠證實大自然確實「有知」、「有靈」的途徑。把多種可能性簡化為劉禹錫在〈天論〉開頭所提出的兩種版本——天（也即自然）是有目的性的道德秩序，和天是混沌不靈的機械運作——是遠遠不夠的。而把一個「高級」的哲學問題運用到鱷魚身上，也產生了一種極大的不協調感，這種不協調感包含了一種危險，就是把韓愈的問題變成帶有諷刺性的，從而使得問題的嚴肅性打了折扣①。這些大問題按理來說是可以普遍適用於萬物的，可是中唐作家很明白在普遍適用的大道理和常識之間的矛盾，以及其中潛在的喜劇因素。

韓愈把一個當代哲學問題拿來，以文學家的方式遊弋其中，並在其中創造出一系列矛盾和不協調，使之無法被簡化為一個單一的立場。遊弋於不同觀念的衝動，當它帶上強有力的權威口氣時，說話人的真正目的是什麼便打上了問號。韓愈創造了一個問題，為他作傳的史

①許多學者都會把該文當作是在單純地表達韓愈的儒家道德秩序感以及儒家道德秩序在大自然中的角色。這是一個很大的問題；然而，這樣一種解釋忽視了該文的反常性。唐代的刺史通常不會針對當地的動物發出一份正式的文告。該篇文章也有可能是針對地方風俗信仰所做出的折衷反應，客氣地承認鱷魚崇拜的前提，同時以儒家話語重述人和鱷魚的關係。但即便是這樣的話，它仍然是具有諷刺性的。

官必須藉助於這樣一個結果——讓鱷魚離開——來解決這一問題。無論多麼不現實，只有這個結果才能使世界重新變得可解與合理，也使刺史的告示恢復其有效性和目的性。

中唐作家有一種趨向，即把個人化詮釋作爲純粹的假說、作者自己的建構提出來，而韓愈有許多文章都是這一趨向的極端表現。不管他如何明確地聲稱他的詮釋包含著真理，他同時也可以因爲詮釋完全屬於他的個人意見而對其有效性推卸責任。韓愈有一個最有名的假說是由柳宗元來轉述的①。

韓愈謂柳子曰：「若知天之說乎？吾爲子言天之說。」

柳宗元〈天說〉的開頭極爲突兀：韓愈要跟他談論「天之說」，由於沒解釋究竟發生了什麼才導致韓愈提出這一問題，韓愈的口氣顯得十分急迫。「若知」預設了柳宗元的「不知」。這樣的預設很不尋常，因爲我們會覺得柳宗元肯定是知道一些「天之說」的——至少是對常識的重述和改裝。這樣的開頭讓我們期待著聽到某種嶄新的說法。「說」這一文體概念本身，在這一時期即傾向於代表某種獨特的詮釋。於是乎我們有理由將開頭翻譯成：『你知道，我

① 《柳宗元集》（北京：中華書局，一九七九年）頁四四一——四四三。

的』天之說嗎？讓我來告訴你『我的』天的學說吧！」從下文來看，〈天說〉也果然是有關人在宇宙間的位置的最獨特的詮釋。

就像針對潮州鱷魚爲患，或者針對孟郊失子那樣，韓愈獨特的詮釋是由危機所激發的：把天視爲道德秩序的主流詮釋顯然行不通了。

今夫人有疾痛、倦辱、饑寒者，因仰而呼天曰：「殘民者昌，佑民者殃！」又仰而呼天曰：「何爲使至此極戾也！」若是者，舉不能知天。

對於這樣一種不可喻解的受苦受難，最簡單的回答就是「命」定的，而不去管深不可測的天道到底公平不公平。然而在韓愈的友人和同時代人的作品當中，我們卻看到了人格化的天：天要麼是自私自利，要麼就是冷漠無情。韓愈現在要來說明，在表面上的黑白顛倒背後，天仍然是一種道德秩序。

夫果飲食既壞，蟲生之；人之血氣敗逆壅底，爲癰瘍、贅、痔，蟲生之；木朽而蠍中，草腐而螢飛，是豈不以壞而後出邪？物壞，蟲由生之；元氣陰陽之壞，人由生之。

把人比作爛果癰瘍中的蛆蟲或朽木中的蛀蟲，是有意駭人聽聞，它違背了人們通常所相信的人乃萬物之「靈」的等級觀念。韓愈有意使用了在唐代的高雅話語中會被視爲粗糙的語彙（儘管莊子會稱許他）。類比常常跨越等級差異，然而如此顛倒尊卑等級秩序——以至於人類成了一系列破壞分子中最糟糕的敗類——卻鮮有所聞。

蟲之生而物益壞，食齧之，攻穴之，蟲之禍物也滋甚。其有能去之者，有功於物者也；繁而息之者，物之仇也。人之壞元氣陰陽也亦滋甚：墾原田，伐山林，鑿泉以井飲，窾墓以送死，而又穴爲偃溲，築爲牆垣、城郭、臺榭、觀遊，疏爲川瀆、溝洫、陂池，燧木以燔，革金以鎔，陶甄琢磨，悴然使天地萬物不得其情，幸幸冲冲，攻殘敗撓而未嘗息。其爲禍元氣陰陽也，不甚於蟲之所爲乎？吾意有能殘斯人使日薄歲削，禍元氣陰陽者滋少，是則有功於天地者也；繁而息之，天地之讎也。今夫人舉不能知天，故爲是呼且怨也。吾意天聞其呼且怨，則有功者受賞必大矣，其禍焉者受罰亦大矣。子以吾言爲何如？

類比所要求的，與其說是證據，還不如說是對具體細節的充實，以其豐富性來增強喻理。一個好的類比會激發作家去挖掘這樣的細節，而在這裡，離經叛道的類比引發出更多離經叛道的細節。人類成爲禍患恰恰由於那些構成人類文明的要素——墾原田、築城郭、修墳墓——這些通常都是韓愈所贊成的。柳宗元看出了韓愈觀點中激進的道家自然主義，他在這一點上是對的，不過他不肯看到其中比莊子更激進的根本分歧點。在某種層次上，莊子還算是個人道主義者；莊子會把同樣的事實解讀成文明對人性的扭曲，這一扭曲需要用哲學立場來救治。韓愈則站在天地的立場上，把人類文明解讀成罪孽，必須接受天的懲罰。天並不直接出面操縱，把人類蛆蟲從大地表面抹去，而是對人類中某一個體的無端夭折或遭殃感到幸災樂禍。

> 柳子曰：「子誠有激而爲是邪？則信辯且美矣。吾能終其說。彼上而玄者，世謂之天；下而黃者，世謂之地；渾然而中處者，世謂之元氣；寒而暑者，世謂之陰陽。是雖大，無異果蓏、癰痔、草木也。假而有能去其攻穴者，是物也，其能有報乎？繁而息之者，其能有怒乎？天地，大果也；元氣，大癰痔也；陰陽，大草木也，其烏能賞功而罰禍乎？功者自功，禍者自禍，欲望其賞罰者大謬；呼而怨，欲望其哀且仁者，愈大謬矣。子而信子之仁義以遊其內，生而死爾，烏置存亡得喪於果蓏、癰痔、草木耶？」

柳宗元所轉述的韓愈「天說」，以爲人類乃自然造化的蛆蟲，應該徹底戕滅，是如此違背對天道的傳統闡述，以至於我們不知道該怎麼來理解它。也許，倒不如把韓愈的「天說」看成是鱷魚的辯護詞。一定是有什麼因素，驅使韓愈作出如此獨特的類比，以至我們不知道這是否是韓愈的真實意圖，或者他希望借此說明什麼。韓愈實際上使道德秩序在天地間得以保存，而以犧牲其傳統內容爲代價。也就是說，他的「天說」解釋了爲什麼上天表面上的不公平實際上乃是公平而不是冷漠無情。韓愈製造出來一套理論來調和人們的信念（天是公平的）與現實（天戕害人）。

我們應該區分建立在「類型呼應」（categorical correspondences）基礎上的論述和建立在「類比」（analogy）基礎上的論述。在某種層次上，這兩者都是通過類比進行論述；然而，建立在「類型呼應」基礎上的論述訴諸約定俗成的類比，因此，這樣的類型呼應在根本上顯得很「自然」，同類事物享有相似特質。韓愈的論述則是「類比型」的，因爲這樣的類比令人吃驚，運用人們所熟悉的而且具有權威性的類型呼應形式，但其內容卻出人意料。正是韓愈通過這樣的論述手段所得出的「發現」才使得柳宗元回答道：「信辯且美矣。」所謂「辯」，正是指這種嚴格遵循類比論證而導出新鮮結論的特殊才能，而「美」的評語則更有意思。從上下文來看，這裡的「美」顯然不是令人愉悅的；而作爲一個論點，它十分誘人，以其修辭、更以其論證解決問題的方式而打動人心——儘管其結論過於偏激，讓人無法接受。通過「辯」與「美」二字，柳宗元將讀者的注意力從韓愈的觀點本身轉向其修辭效果。

柳宗元對韓愈「天說」的最初反應特別有意思：「子誠有激而爲是邪？」柳宗元以這樣的評論對韓愈的詮釋做出詮釋；也就是說，他把韓愈的觀點解釋成對某種個人不幸遭際的回應，於是也就限制了韓愈「天說」的普遍真理性，不能拿它來解釋任何超出韓愈個人困境之外的東西。這樣做的話，柳宗元也就削弱了韓愈「天說」中較有趣也較成問題的因素，把它變成了具有反諷性的和具有「一定」道理的。韓愈的天道觀——認爲天具有道德意志但是對人懷有敵意——幾近於不可思議。柳宗元不滿足於把韓愈的觀點簡化爲對個人遭際的回應，他進一步提出，天是超越道德人倫的機械體系，從而使天重新變得可以喻解。這是傳統知識的一個翻版，也就是道家學說的翻版。而這正是韓愈的天說所要力圖避免的，以調和天的道德意志和人類無辜受難之間的矛盾。劉禹錫的〈天論〉則發展得更爲完善，它精心否定了韓愈的危險論說。韓愈沒有權威的話語根據卻採用權威口吻，這種能力使他的論說格外具有威脅性，從而引發了對這一重大問題更加「嚴肅」的思考。然而在其實質上，劉禹錫〈天論〉的功能和鱷魚離開潮州的軼聞是相同的：它試圖解決和平息一個被啓動的問題。

韓愈的詮釋是純粹個人化的，因爲這是他自己一手製造出來而且違背常識的。當這樣的詮釋以自信的權威口吻被提出來時（韓愈非常擅長使用這種權威修辭），詮釋就有可能被人解讀成是說反話，或者純粹主觀性的，正如柳宗元把韓愈的天說歸因於韓愈的個人煩惱那樣。

如前所述，和個人化的詮釋緊密相關聯的，是對原本毋需作詮釋的情形做出詮釋（比方說公開解釋爲什麼要驅除境內的鱷魚）。社會生活中有某些情形，需要對自己的情感反應做出規範性的表述。比如說，有人去世了，在這樣的情形下，作家應當表達悲傷之情，或者爲他自己，或者爲喪失親友的人。這樣的反應規範，相當於一種個人化的儀式。但是，對這樣一種情形做出詮釋，則完全是另外一回事了，也就是說，它反映了對這種情形進行控制和把握的欲望。當我們把這樣的詮釋和它試圖控制的情感進行比較的時候，我們會發現，它總是有變成純粹的理性說明的危險。

韓愈，孟東野失子

東野連產三子，不數日聊失之。幾老，念無後以悲。其友人昌黎韓愈懼其傷也，推天假其命以喻之。

失子將何尤，吾將上尤天。女實主下人，與奪一何偏。
彼於女何有，乃令蕃且延。此獨何罪辜，生死旬日間。
上呼無時聞，滴地淚到泉。地祇爲之悲，瑟縮久不安。
乃呼大靈龜，騎雲款天門。問天主下人，薄厚胡不均。
天曰天地人，由來不相關。吾懸日與月，吾繫星與辰。

日月相噬齧，星辰踣而顛。吾不女之罪，知非女由因。
且物各有分，孰能使之然。有子與無子，禍福未可原。
魚子滿母腹，一一欲誰憐。細腰不自乳，舉族常孤鰥。
鴟梟啄母腦，母死子始翻。蝮蛇生子時，坼裂腸與肝。
好子雖云好，未還恩與勤。惡子不可說，鴟梟蝮蛇然。
有子且勿喜，無子固勿歎。上聖不待教，賢聞語而遷。
下愚聞語惑，雖教無由悛。大靈頓頭受，即日以命還。
地祇謂大靈，女往告其人。東野夜得夢，有夫玄衣巾。
闖然入其戶，三稱天之言。再拜謝玄夫，收悲以歡忻。

我們該怎麼來讀這首〈孟東野失子〉呢？韓愈再一次提出一個明顯的假說，和常規的勸慰之辭相比，顯得極不諧調。如果我們把它和韓愈的「天說」放在一起閱讀，就更令人不適了——在「天說」裡，那些抱怨天道不公的人（就像詩的開頭孟郊所做的那樣），被告知他們只是蛆蟲，他們的戕滅是天所樂意見到的。該詩不僅代表了沒有常識作爲權威性依據的權威性修辭口吻，而且詩本身即體現了寓言內部表達出來的矛盾：上天一開始否認它與人間有任何關係，接著卻又做出人類必須敬服的論斷，就好像上天確是人類主宰似的。該詩作于友人失子之後，這樣的場合不容許我們對詩做出反諷性的解讀，但是在這裡，詩人的詮釋顯然已經變成了對痛苦人生體驗硬要給出一個道理。該詩簡直是在逼迫孟郊強顏歡笑，告訴他如若不順從上天教誨的話，那他就是不可救藥的「下愚」。

張籍（約七七六—八二九）在一封有名的書劄中，指責韓愈過於喜愛戲謔，這不無道理，可是也只說對了一半，因爲張籍未能把握更大的語境，韓愈的幽默只是那個語境的一部分。韓愈不能自制地提出種種詮釋，卻不太尊重傳統詮釋或規範性反應在唐代社會中所扮演的功能性角色。韓愈有天才，而天才總是有些「不正常」的。正如他在〈陸渾山火〉一詩的結尾處所承認的，他明知應該住嘴，可就是管不住自己的舌頭。

不過，韓愈的說理，在孟郊詩化的瘋狂面前黯然失色。孟郊吐出了詮釋的碎片，爲失子做出解釋。他的詩一開始描寫春霜殺死杏蕾，以此比喻幼子夭折，但他很快就失去了對類比的控制。

杏殤

杏殤，花乳也，霜翦而落，因悲昔嬰，故作是詩。

其一

凍手莫弄珠，弄珠珠易飛。驚霜莫翦春，翦春無光輝。

零落小花乳，斕斑昔嬰衣。拾之不盈把，日暮空悲歸。

其二

地上空拾星，枝上不見花。哀哀孤老人，戚戚無子家。
豈若沒水鳧，不如拾巢鴉。浪鷇破便飛，風雛嫋相誇。
芳嬰不復生，向物空悲嗟。

其三

應是一線淚，入此春木心。枝枝不成花，片片落翦金。
春壽何可長，霜哀亦已深。常時洗芳泉，此日洗淚襟。

其四

兒生月不明，兒死月始光。兒月兩相奪，兒命果不長。
如何此英英，亦爲吊蒼蒼。甘爲墮地塵，不爲末世芳。

其五

踏地恐土痛，損彼芳樹根。此誠天不知，翦棄我子孫。

垂枝有千落，芳命無一存。誰謂生人家，春色不入門。

其六

冽冽霜殺春，枝枝疑纖刀。木心既零落，山竅空呼號。

斑斑落地英，點點如明膏。始知天地間，萬物皆不牢。

其七

哭此不成春，淚痕三四斑。失芳蝶既狂，失子老亦孱。

且無生生力，自有死死顏。靈鳳不銜訴，誰爲扣天關。

其八

此兒自見災，花發多不諧。窮老收碎心，永夜抱破懷。

聲死更何言，意死不必喈。病叟無子孫，獨立猶束柴。

其九

霜似敗紅芳，剪啄十數雙。參差呻細風，噞喁沸淺江。
泣凝不可消，恨壯難自降。空遺舊日影，怨彼小書窗。

這組詩有不少地方太私人化，顯得曖昧不明，但有些東西是十分清楚的。詩開始把凋零的花苞比作嬰衣，漸漸地，杏花與殤嬰之間的類比變得越來越繁複。沒於水中的梟和離巢的雛鴉令人想到凋落的杏花（落花習慣上被稱爲「飛花」）。然而梟的出水，雛鴉在風中的自由翱翔，更強化了杏蕊的夭折和嬰兒的死亡之間的獨特類比——和梟與鴉不同，花和嬰兒都將永久地沉淪。

在組詩的第三首中，這種獨特的類比，通過移情感應，變成了一個責任問題；而這樣的類比結構導致了明確的詮釋：「應是一線淚，入此春木心。」這首詩充滿了對針線布帛的聯想，從霜之「翦」到灑落滿地的嬰衣，再到詩人的一「線」淚，穿入樹木之「心」，而導致杏蕊之殤。

在這組詩中我們再次面對自然的道德秩序和它與人間道德秩序的關係問題。一個純文學比喻變成了一個更深層次上的類比，轉而又變成了移情感應；當移情感應占據主導地位時，便出現了因果關係和道德責任的問題。然而作類比和詮釋的過程並沒有就此告終。在組詩的第四首中，孟郊建立起反向的呼應關係，而推卸了責任感。月亮的盈虧和嬰兒的生死交替出現。開始詩人的解說很單純，用月相來譬喻嬰兒的短命。然而很快這就變成了因果關係：月的光盈奪去了兒的性命。在這樣的詮釋中，杏蕊無需進入詮釋系統，它們自願墮地而亡。

在下一首詩中，孟郊必須做出另一套解釋。他非但對杏蕊的凋零沒有責任，相反還小心翼翼地緩步而行，生怕傷了杏根。他對低微生靈如此備加呵護，與上天對他的不仁相對比，顯得很不相稱。在這組詩的其他幾首詩中，詩人的聯想徹底失去了控制：不但「木心」零落，孟郊自己也收拾「碎心」，成了一束乾柴。他既是主體又是客體，既是肇事者又是受害者。孟郊把儒家「生生」（生命誕育生命）的原則顛倒過來，將自己的容顏描繪成「死死」——由死亡產生死亡。

凍珠、落星、點點明膏、凝泣、噞喁沸江，一連串的意象令人目不暇接，每一個都附帶著零星的類比性詮釋，卻都沒有進一步發展這些詮釋。末了只剩下對意象的拒絕——不忍看到書窗投下的影子，那應該就是杏樹的影子。

沒有反諷性作爲保護性的間距，中唐文人輕易地解釋一切、尋求意義的衝動就會成爲狂人的語言。世界的不透明性，它對於穩定詮釋的抗拒，有時候會讓人懷疑在冥冥之中控制一切的意志也許是惡意或殘酷的。這種反覆出現的懷疑，使中唐成爲中國文明史上也許是獨一無二的時期。

下面李賀的這首詩，是這一時期最古怪的詩之一。詩人提出一種詮釋，似乎要爲滿懷惡意的神祇開脫。李賀的詩令人想到〈招魂〉中的魑魅世界，棲居著意圖噬人的妖魔。〈招魂〉有多種詮釋，其中一種認爲該詩乃爲流放中的屈原（所謂的「佩蘭客」）而作。

噬人和被噬的意象充斥李賀的詩。詩中的「舐掌」，本來是說冬眠時熊靠舔掌療饑（熊掌在古代被視爲珍饈）。鮑焦是一個自耕自食的隱士；當他發覺他所食的棗子並非自己所種，他立即吐出棗子並當場死掉。顏回，孔子最喜愛的弟子，過的是簞食瓢飲的清貧生活並不幸早夭。

詩的結句所用典故是東漢王逸爲《楚辭・天問》的創作背景所作的解釋。據說屈原因見到壁畫上的天地神靈而作〈天問〉。按照王逸的說法，選擇《天問》而不是語序上更自然的〈問天〉，是因爲「天尊不可問」。

天迷迷，地密密。
熊虺食人魂，霜雪斷人骨。
嗾犬狺狺相索索，舐掌偏宜佩蘭客。
帝遣乘軒災自滅，天星點劍黃金軛。
我雖跨馬不得還，歷陽湖波大如山。

> 毒虯相視振金環，狻猊猰貐吐饞涎。
> 鮑焦一世披草眠，顏回廿九鬢毛斑。
> 顏回非血衰，鮑焦不違天；
> 天畏遭銜齧，所以致之然。
> 分明猶懼公不信，公看呵壁書問天。

詩的開頭，迴響著〈招魂〉的旋律。魂魄迷失在混沌之中，天地都是封閉的。在〈招魂〉中巫師受天帝之命，告誡魂魄莫去遙遠的四方，如果回到中央之地，就可以享受宮室廣廈的奢華極樂。在李賀的詩中，好人被無數吃人的魑魅包圍，天帝派車馬來庇佑他，他卻不得歸還。末了詩人解釋道，天帝之所以要讓好人夭折，是爲了讓他們免遭噬齧。這究竟是一個什麼樣的宇宙？

李賀詩中所描繪的世界不同於〈招魂〉。在〈招魂〉中魑魅魍魎遍布四方，然而都是在遠方。相反，李賀詩題所傳遞的資訊乃是「無出門」，饑餓的魑魅就近在咫尺。孟郊寫道：

> 出門即有礙，誰謂天地寬？

「天地」在李賀的詩中也並不寬敞；但在這裡，天地不僅是不「寬」而已，而且一旦出門，就會遇到食人魂的熊虺。到處都有被吞食的危險。犬受嗾使，而熊餓極舔掌。好人的遊魂是牠們掠取的食物。

天帝介入了這個恐怖世界，就像他介入了〈招魂〉的世界一樣。救援似乎就在眼前：有軒車帶好人離開，有天星點劍護駕。但接下來發生的事不甚明瞭。詩人也許在倒敘，也許原先要來搭救他的天帝最終將他遺棄。我們看到他「跨馬不得還」，四周湖波如山，毒虯、狻猊、猰貐垂涎欲滴，隨時準備吞食他。

所有這一切都需要某種說法，一個詮釋。李賀提出的假說，在這一語境中顯得十分黑暗悲觀。詩中的「屈原」角色被比作鮑焦和顏回，他們遭到天戕是因爲上天害怕他們會被吞食。顏回簞食瓢飲，而鮑焦則死於唯一的一次誤食非自耕之食物——他死於「出門」之後（我們想到冬眠中的熊，靠舔自己的掌維生）。他們都是好人，他們都未曾違天；可是他們都被毀滅了——這樣他們就不會遭到「銜齧」。

這就是詮釋；它是如此「分明」；可你還是不會相信。詩的最後，李賀給他的假說提供了一個最奇怪、最不合邏輯的證據：一個不滿足的形象，滿懷沒有得到答案也無法給出答案的問題。詩人指向一個屈原式的人物，他不再站在門外，被危險所包圍，而是在室內面壁，以不禮貌的「問天」（而不是「天問」）呵責牆壁，要求得到一個回答。當孟郊要「問天三四語」時，他最終明白過來這是枉費唇舌：「一寸地上語，高天何由聞？」

李賀提出的解釋，他沒有打算要我們相信。他嘲諷地類比權威性的詮釋，令人對宇宙的道德秩序感到懷疑。他以解釋來顯示天地是如何迷迷密密、不可喻解。

我們已經來到詮釋的極限。現在讓我們來看看兩首在格調上迥然不同的詩。就像韓愈和孟郊的詩那樣，這兩首詩也是關於嬰兒的夭亡的。這便是白居易追念幼女金鑾子的兩首詩。

念金鑾子

其一

衰病四十身，嬌痴三歲女。
非男猶勝無，慰情時一撫。
一朝捨我去，魂影無處所。
況念夭化時，嘔啞初學語。
始知骨肉愛，乃是憂悲聚。
唯思未有前，以理遣傷苦。
忘懷日已久，三度移寒暑。
今日一傷心，因逢舊乳母。

其二

與爾爲父子，八十有六旬。
忽然又不見，邇來三四春。
形質本非實，氣聚偶成身。
恩愛原是妄，緣合暫爲親。
念茲庶有悟，聊用遣悲辛。
暫將理自奪，不是忘情人。

白居易平白如話的詩風試圖以一種迥異於八世紀常規的方式來傳達真情實感。它表面上的樸實無華掩蓋了詩人對作詩積習的有意背離。組詩的第一首，按照「規範」寫法，應該順著事件發生的順序，敍說與金鑾子乳母的相逢，接著才轉向對自己失落感的反省。這便是所謂的「感—應」，被普遍視爲詩歌創作的基礎。

白居易卻作了不同的處理。他給詮釋的欲望本身設立一個框架，把它作爲反思的對象。他從敍說失女開始，然後告訴我們幾年以前，他如何借「理」來解釋喪女，撫平創傷。這種理性的詮釋並未完全失敗，三年來他的確暫將創痛忘懷。但在詩的結尾處他遇到了乳母，於是安撫失效了。不過白居易並沒有這樣來表述；他用了一個沒有必要如此直露的「因」字，把相逢和傷心聯繫起來。儘管這首詩對比了不可自控的情感衝動和反省式的詮釋，但這一對比本身就構成了一種反省式的詮釋行爲。

在第二首詩中，白居易重新試圖以形質非實、恩愛無常來安慰自己。到最後，慰藉又是一場空，不過這一次沒有歷時太久，而是轉瞬即逝。詩的末句告訴我們「理」根本就不起作用。而白居易對情勝過理的觀察本身就是一種「理」，是富於理性的詮釋。

長期的安慰爲一場偶遇所打破，暫時的安慰也因爲詩人知道理不勝情而破滅。這兩種情況告訴我們，詩人對女兒之死的詮釋乃是「聊以自奪」，也就是說，他的詮釋是受到個人動機驅使的建構，不足以承擔感情的重量。這基本上就像柳宗元對待韓愈荒誕的「天說」那樣，把它歸咎於韓愈的個人遭遇，以此來框定和限定他的詮釋。孟郊的〈杏殤〉也是如此，儘管不那麼顯豁。我們把他的詮釋行爲解讀成一個因哀傷過度而失常的人絕望的建構。

詮釋行爲的種種變型標誌著人們對主體意識的自覺。主體性先前或多或少與意識形態融爲一體，在內心生活和對外界規則的理解之間並沒有實質性的隔閡。在白居易的詩中，我們看到主體爲感情所打動，對這些感情來說，僅僅識「理」（理性原則或自然法則）是不夠的（這種做法開始了情和理之間的對立，這種對立在後來的歷史時期將會變得更加顯著）。這種「理」觀包含了理性的極限，且將詮釋行爲視爲有感而發，爲「主體」在公衆論斷之外開闢了一個空間。在我們上面所討論的其他例子中，個人化的詮釋意味著一個做出詮釋、但不能被自己的詮釋限制住的主體。在傳統知識的中古階段，自我可以通過文章加以再現，而且自我的運作也是可以被解釋的。在這個中唐的新世界，主體性則被安置在它所提出的解釋、它所做出的詮釋的「後面」。對倔強的主體性的發現，屬於我們所謂「私人天地」的一部分，我們首次遭遇這一「私人天地」就是在中唐。

鱷魚，命運的打擊，還有更重要的，死亡——在所有這些情況當中，詮釋行爲都是在對抗某種絕對的、富有威脅性的外界意志。然而對於整個文化來說，個人詮釋行爲所產生的最重要的後果並不在於此，而在於一些並不那麼危急的情形。在這裡，詮釋可以打造出一個小天地，而不僅僅是對強大的外界力量做出回應。在中唐，我們看到文學詮釋行爲和私人生活之間的默契同謀關係在不斷加強：構築園林，營造微型世界，改善家居生活。

機智與私人生活

中唐時代，個人性的詮釋絕非僅僅限於天道、死亡、毀滅之類的大問題。它最爲典型的形式，或許乃是一種戲謔式的機智；它很輕鬆，詮釋行爲看來似乎是沒來由的。這一類機智的遊戲，往往與家庭生活的小小樂趣相連；比如，帶有季節性和地方性的食筍的味覺快感。

白居易〈食筍〉（二二〇三八）①

此州乃竹鄉，春筍滿山谷。

① 本書所採用的格式與《初唐詩》相同，引詩都標上《唐代的詩篇》（平岡武夫、市原亨吉、今井清編，京都：京都大學人文科學研究所，一九六四——一九六五，中譯本由上海古籍出版社於一九九一年出版）中的編碼數位。——編按

山夫折盈抱，抱來早市鬻。
物以多爲賤，雙錢易一束。
置之炊甑中，與飯同時熟。
紫籜坼故錦，素肌擘新玉。
每日遂加餐，經時不思肉。
久爲京洛客，此味常不足。
且食勿踟躕，南風吹作竹。

高雅的竹子，傳統上是堅貞的象徵，而此處，它的幼筍則是一種佳味和商品。筍多，故而價廉，但一點也不因此減色。獲取竹筍的欣悅，與食筍的快樂一般無二，雖然不應看輕後者——白居易詩中甚至有一聯描寫了煮食竹筍的最佳方式。

作爲「高級」文學意象的竹子，與此處可口竹筍之間的差別，也就構成了通常意義上的「詩意」與這一有關家常樂趣的嘮叨詩作之間的對比。詩的風格應該展現出有如竹筍一般的自然單純、新鮮別致。似乎爲了特意顯示詩歌整體上如何沒有詩意，白居易詩中有一聯著力渲染和戲擬所謂的「詩意」，近乎色情地描繪了剝筍：

紫籜坼故錦，素肌擘新玉。

這一修辭層次上的突兀變化，凸顯出某種「詩意」的表現。詩人雖然剝去包裹著「素肌」的「紫籜」，卑微的竹筍卻得到了衆多形象比喻作爲「裝點」（古代中國與歐洲一樣，對文學的形象化本身常以衣飾妝點作爲比喻）。不過，這一詩意妝點置於全詩顯見的簡素措辭之中，便呈現出反諷甚至喜劇性。

對詩意妝點的戲仿鋪墊了以下更具喜劇性的一聯。白居易在下一聯中對典故的處理，與上聯中對詩意措辭的處理是一樣的：

每日遂加餐，經時不思肉。

這一聯無疑讓人想起《論語》第七篇第十四則，孔子聽到韶樂以後，「三月不知肉味」。中唐吃素的美食家，把自己放在了感歎輝煌文化現象的聖人的地位。對兩種權威話語形式——高雅的詩性措辭和儒家經典——的善意戲謔，標誌著與傳統文化的關係發生了變化。這些權威的話語形式，對作家不再是絕對的律令，或者接受或者違抗；相反，詩人可以自由利用它們來達到自己的目的。

〈食筍〉是中唐的典型，它將注意力揮灑到微末的事物，賦予它們過度的價值和意義。白居易特意提示我們竹筍何等豐富、何等「賤」（「賤」既意味著價廉，也有卑微的意思），人們如何「早市鬻」以求在競爭中勝出——市場上很快就會充盈過剩。詩意地賦予某物的價值，與某物通常所具有的較低的價值之間，存在差別，這造就了「溢餘」（surplus）；這一溢餘即是「機智的」（witty），它並非來自事物和境況本身，而是源於詩人自己。這種詮釋的溢餘屬於詩人，是詩人創造出來爲了自娛的。讓我們把這個關於經濟的隱喻用簡明的語言來表達吧（白居易自己就很喜歡注意到物的商品價值，因此用經濟比喻來描述他是很合適的）：那也就是說，詩人擇取價值微末的原材料，對它進行詩意加工，把它打造爲較原來價值更高的成品；而添加上去的價值溢餘，屬於詩人。這是一種確認所有權、標誌某物爲己有的方式。

從微末的材料，創造出有價值的物品，這不限於語言的領域；有時，爲了詮釋的需要，必須對物質世界做出改易。詩人運用機智，創造、安排事物之時，詮釋行爲便與有意籌劃上演的家庭樂趣難以區分開來，詩人的財產成了舞臺道具。小型甚至微型，是創造詮釋溢餘的關鍵。太平公主的巨大莊園，從長安城綿延到終南山，是不合適的。太平公主只能盤算占有；而中唐詩人則可以任意挪用占有物，用顯然超乎事物本身的詮釋將它一網打盡。只有在詮釋中、也只有通過詮釋，事物才擁有價值。詮釋行爲成爲對事物的體驗，成爲相對於事物之微小、低廉價值和日常性的重要的濫餘。別人僅僅消費竹筍而已，白居易則使它們成爲永久留存的產品。

「興與感」（或者「激發與回應」）的傳統詩學，是連續性的：詩人的經驗是第一位的，隨之而來的詩歌文本是經驗的果實。中唐時，詩與經驗之間，形成了一種新的——常常是清晰表達出來的——交互關係。爲了作詩，而在有限的私家空間部署調度事物；而寫作詩歌，則是爲了預先安排好的對這些事物的戲劇化體驗。因此，事物的部署調度、空間的安排，便也都屬於詩人機智的溢餘，自然也就是他的占有物。

詩人引導人們注意到排斥了他者的邊界，這一有關所有權（就事物僅僅屬於詩人這一點而言）的話語，在部署調度的過程中起到關鍵性的作用。這一類詩往往以此種或彼種方式，設定一個外在的觀察者或外在的視角，有時這一外在觀察者或外在視角是以「勿言如何如何」引介進詩裡來的。在這位外在的觀察者看來，詩人所注意的對象是微末和平常的。外在觀察者此類常識性的視角，反而保證了詩人所作詮釋的獨特性——也就是說，這詮釋僅僅屬於詩人自己。肯定詩歌對象的微小、瑣細，非常重要，它確保所有價值只存在於詮釋溢餘之中。

這是中國上層社會文化中一個非常重要的時刻。它標誌了一種轉變，從中古的「隱逸」主題——對於私人性，它純粹從拒斥公共性的負面加以界定——轉向「私人天地」（private sphere）的創造——「私人天地」包孕在私人空間（private space）裡，而私人空間既存在於公共世界（public world）之中，又自我封閉、不受公共世界的干擾影響①。私人空間爲人所擁有，而這種擁有通過詮釋溢餘而獲得。韓愈和白居易修築小池，不存在絕對的所有權：只要皇帝高興，隨時可以沒收他們的土地和池塘；但是，他無法占用韓愈、白居易對那些池塘的詮解。小園逐漸代替荒山野景成爲自由的所在，而自由的意義也隨之發生了變化。

早期的隱士世界不是被擁有的空間，也不是被疆域所限定的空間。選擇隱逸世界，通常乃一種公開的表白，是對當權者的批評。它分享的是傳統中國以中心而非邊界來理解空間的意識。當一位中古時代的官員決定放棄官位、成爲隱士，在官與隱這兩個世界之間並沒有清晰的界限，只有「此處」與「彼處」之別。在孔稚圭（四四七—五〇一）的〈北山移文〉中，隱士決定離開山野赴朝廷應召，擬人化的大自然譴責他的背叛。但隱士的離去，顯然還不是真正動身離開的行爲本身，而只是企圖和意向。與此相反，構築邊界對私人空間的創造來說，具有特殊的重要性。此類空間往往是微型的；但它又是小中之大，隱約中是對廣闊世界的微觀反映，是詩人的詮釋溢餘。此類私人空間常常是人工建造的，無論從物質意義的構築來說，還是從通過詮釋建構它的觀念意義上來說都是如此。太平公主在她廣大的莊園裡，永遠無法

① 採用「私人天地」（private sphere）一詞，容易讓人想到哈伯馬斯（Habermas）以及中國是否存在「公共空間」（public sphere）的論爭。以下將表明，我在這裡談論的是顯然不同的問題。

真正擁有大自然；她所謂的「擁有」不過是一種政治權力的顯示，這種權力隨著變幻莫測的宮廷政治而消長，最終摧毀了她。在較小的、中唐的規模上，則可以擁有大自然。問題是，它已不再是純粹自然的了。大自然提供了原材料，詩人則加以建構和詮釋。

我所謂的「私人天地」，是指一系列物、經驗以及活動，它們屬於一個獨立於社會天地的主體，無論那個社會天地是國家還是家庭。要創造一個私人空間，宣告溢餘和遊戲是必需的。一切嚴肅或「重要」的東西，都已經進入了由小見大的中國宇宙哲學，被包含到國家利益和社會的道德秩序裡面。正如《大學》告訴我們的，「修身」將導向「齊家、治國、平天下」。這樣吞噬一切的極權性總體結構，必須有一點保留，給個人留下一處沒有完全被社會和政治整體所吞沒的行爲與體驗場所①。然而，抽象的「天地」（sphere）需要一個空間（space）——一個如同舞臺那樣模糊曖昧的空間，它既處於「王土」疆域之內，同時又不是「王土」的一部分。這個空間，首先就是園林；儘管中國很早就存在園林，後代園林所具有的意義和早期截然不同。

① 私人空間的建構同時造成了一種敏銳的自覺，詩人意識到細小的生活情節如何內含於宏大的社會問題之中。白居易擅長表現家庭生活樂趣，但他同時也表達了對所食用的大米來自農人勞作的慚愧。對個人與社會整體之間的關係的充分覺悟，只有發展出脫離了社會整體的個人意識之時，才能實現。

私人天地是一種脆弱的建構。只有不斷聲言它自己的溢餘——溢餘使擁有成爲可能——它才能存在。私人天地所寄寓其中的空間，是被爭奪的底盤，因爲任何整體性極權結構，就其本性而言，都會抵制出現在它境內的保留地。皇帝總能夠沒收園林，處決它的主人；但這樣的嚴厲手段並不能使他就此占有那溢餘的部分。文士們自己，則很是矛盾，站在國家和皇帝一邊對私人空間進行爭奪。文人們常常望著一位官員的亭閣園林，宣稱從他的建築可以推想他治理地方的成效。私人空間，乃是映現的場所，以微型尺度重現事物的形象。精巧安置的石頭令人想起著名的山嶽，小小池塘映照出微型的天空。一方面宣稱是溢餘的遊戲，一方面是對廣大世界的嚴肅反思，正是在這兩者的爭鋒之中，這些私人空間非常類似於戲劇舞臺或電影銀幕，在其有限的天地之間，依然在上演古老的鬥爭。

中唐所關懷的許多問題，可以追溯到杜甫的作品，在杜甫的作品中，私人天地首次贏得了重要性。杜甫承擔了自覺的公衆詩人的角色，而他的同時代人雖然更深地捲入公共事件，卻並未臻於此。把政治投入作爲需要肯定和確認的東西，而不是作爲既定的東西接受，對此進行表現，和表現私人生活獨特領域的可能性，這二者緊密相連。杜甫劃分出並且讚頌了家庭空間；他以詩與家庭活動應和，並且提供了典型的「溢餘」詮釋。水檻早已修整，過於茂盛的竹林業已砍削，棚架也已移開；過了很久以後，才有以此爲題材的詩作。這些事物何時以及如何成爲了詩的素材，是很有意思的話題。杜甫的詩還沒有將我們帶入中唐特意呈現小型事物的世界，但我們確實開始看到了爲詩歌而規用家庭活動的情形，以及這個過程中溢餘詮釋的作用。

雖然杜甫更早就顯示出對私家空間的興趣，但這種興趣最清楚的表現則是他在成都的詩作。當政治世界侵入私人空間並威脅要徹底摧毀它的時候，公與私、大與小，尖銳地凸顯出來，這在杜甫是一再出現的情形。杜甫曾因爲成都兵變被迫出亡，於七六四年回到成都城郊的草堂。正是在這時，他寫下了〈破船〉，圍繞「破船」展開了詮釋的遊戲。以前他曾坐在這隻船裡，夢想乘之東下；當回來發現船已沉毀，杜甫一方面感歎，一方面做結論說①：

所悲數奔竄，白屋難久留。

詩歌省思的經驗和過程，令杜甫渴望一個不受公共世界干擾的私人空間，在那裡，支撐他的幻想的道具不會被摧毀。詩人不想乘船遠航，只期望能夠棲留原地、夢想遠航。

在同年所作的〈水檻〉（一〇七四六）中，杜甫對失修的水檻進行估算。在這裡，簡單的修繕工作因爲插入了詩歌的詮釋而變得不再那麼簡單了。杜甫在詩中採取的行動，在中唐

① 對此詩的完整分析，參 Stephen Owen, *Traditional Chinese Poetry and Poetics: An Omen of the World*（Madison: University of Wisconsin Press, 1985）,p.116-121.

時期變得非常普遍，那也就是把一種過大的詮釋加於微末的事物，從而喚起人們對詮釋行爲的關注。不過，與中唐詩人相反，杜甫對顯得如此「不自然」的詮釋感到不自在，試圖以更自然的詮釋來加以彌補：

蒼江多風飆，雲雨晝夜飛。
茅軒駕巨浪，焉得不低垂。
遊子久在外，門戶無人持。
高岸尚爲谷，何傷浮柱欹。
扶顛有勸誡，恐貽識者嗤。
既殊大廈傾，可以一木支。
臨川視萬里，何必欄檻爲。
人生感故物，慷慨有餘悲。

是否修繕倒塌的水檻從來就不是一個問題，它不值得嚴肅的詩歌描寫。但是當杜甫提出這個問題時，詩成爲自反式（self reflexive）的了，回轉到詩人自己對這一話題感到的興趣。這首詩其實是在試圖回答何以這件事對詩人來說那麼重要，何以嚴肅的詩歌文體居然寫到如此瑣細而平常的事物。水檻的變化本身，就體現了「高級話題」與「低級話題」之間的對比：它原先穩穩站立，提供了適於入詩的水岸風光；而今，則傾側毀廢。就文體風格而言，詩的第二聯類比了這一對比：從高雅的詩歌語彙（「駕巨浪」）轉入較為平常的語言。

杜甫發現水檻即將毀塌，於是和自己辯論：「高岸尚為谷」，如果王朝顛覆、滄海桑田，那我何必介意水檻之類如此無關緊要的事物呢？杜甫對自己問題的回答，詩意地誇大了水檻的意義——他竟然援用《論語》中孔子的教誨，要我們「扶顛」！孔子的箴言固然有很大的詮釋餘地，但它顯然不宜用於水檻。

杜甫對此一語彙的泛化運用，使微末的事物再一次成為大原則的體現，倒喚起了對嚴肅原則和當下瑣細處境之間差異的關注。這是喜劇性的，就如同白居易將孔子對韶樂的反應用於食筍那樣滑稽。不過，白居易是有意模仿《論語》以求喜劇效果，杜甫則未必如此。杜甫不由自主地感覺到喜劇性的不妥，在接下來的詩句中，他預期到那些有識之士對自己詮釋溢餘的嘲諷（是「斷章取義」的溢餘）。詩歌容納了嘲諷或懷疑的外在視角，以首肯詩人詮釋行為的溢餘。

詩接著試圖以傳統的建築隱喻——國家喻為「大廈」——來支撐對《論語》的用典不當。他不能挽救國家這一大廈，但現實中的水檻確實在他有限的能力之內。但無論杜甫怎樣努力賦予他自己的建築以意義，那終究不過只是一水檻而已，這對他的詮釋構成了嘲諷，凸顯出它的溢餘①。杜甫努力要回答他何以對修整水檻如此關切的問題。對古代聖人訓誡的援引沒有成功，得到的只是嘲笑。他提醒自己：水檻甚至都是不必要的，沒有水檻，同樣可以「臨川視萬里」。

詩的最後一聯，杜甫試圖使自己的關懷變得更爲自然，找到可以接受的動機，來解釋自己的詮釋溢餘（如同柳宗元將韓愈對「天」的溢餘解釋加以自然合理的處理，認爲一定有什麽事使得他心煩意亂）。杜甫最後的解釋至少部分可信：他訴諸對毀滅和喪亡的普遍抗拒，這種抗拒把無論大小的事物聯繫在一起。這個解釋之所以可信，正因爲它是個人的動機。詩最後表白悲哀，確認了那正確的解釋：詩無需再提出其他假設了。在找到詩人關懷水檻的真實根由之後，剩下的就是回應了。當熟悉的「故物」走向毀滅的時候，我們備受困擾，我們有一種自然衝動，去阻止它的毀滅，即使只有「一木」，也要努力對抗它的衰頽。

〈水檻〉詩體現的常識性觀念核心是：小者是大者的微觀縮影；如果你想重整帝國，你就得從你自己或你的家庭開始。不過，這首詩打破了宇宙論：它喚起了對大與小之間差異的

① 杜甫詩中發生的某些變化，可以從這首〈水檻〉與僅僅五年前秦州時期的〈除架〉（一一〇七二）之間的比較中看出來。杜甫在那首詩中將倒覆的瓜架與《詩經》中描述王朝命運的有名語彙聯繫在一起。在大與小、宏偉和瑣碎之間存在著張力，但這張力裡面沒有任何反諷的意味：杜甫還沒有想像到有什麽人會嘲諷這樣的聯繫運用。

關注。對《論語》的援用，成了對微觀縮影原則的嘲諷，即使是詩歌最後自然化的解釋也不能完全抵消之。杜甫另劃分出了一個對小世界的關懷，它不能完全被解釋爲大世界的縮影。事實上，這是一個私人空間，無法讓人信服地將它與國家、宇宙的整體結構調和在一起。小者作爲大者的微觀縮影乃是中世紀的觀念，而此處的變動一定會引致別處相應的變動。小中映大，在杜甫和中唐詩人那裡作爲一種詩歌修辭手段保留了下來，但這常常只是展開反諷的基礎，詩人由此喚起對大與小之間差別的關注。這實際上意味著，小者不再能夠被大者所吞併和包涵；它不是「嚴肅」的，因此成爲一種可以被擁有的私人領域。

杜甫起用的嘲諷的「識者」——嘲諷詩人對《論語》語彙的援用——在中唐得到的最普通的變形，就是詩人對一位假想的對話者說：「勿言如何如何。」詩歌的讀者即刻就明白那被詩人拒絕的觀念，是一種常識性的判斷。這一常識性的視角創造出來一種被嘲諷的「私人視角」，而中唐詩人與杜甫不一樣，他們公開表示偏向這樣的私人視角。園林作爲被擁有的大自然，作爲一個私人的、家庭的空間，成爲展現私人視角的場所，在這裡，私人視角表現爲富有想像力的遊戲。

白居易〈官舍內新鑿小池〉（二二〇二一）一詩中，我們看到一個人工造成的小型自然，看到對於「天」的「再現」，而其意義和價值則是詩人必須加以辯說的：

簾下開小池，盈盈水方積。
中底鋪白沙，四隅甃青石。
勿言不深廣，但取幽人適。
泛灩微雨朝，泓澄明月夕。
豈無大江水，波浪連天白。
未如床席前，方丈深盈尺。
清淺可狎弄，昏煩聊漱滌。
最愛曉暝時，一片秋天碧。

任何一個讀過許多中唐詩作尤其是白居易詩作的人，看到此詩大概都會有一種似曾寓目的感覺。這首詩與許多別的詩作共同擁有一系列的核心因素：人工建構的小池契合詩人的天性，是用作私人生活娛樂的；詩人對它以過分的詩意語言進行描述；詩中提出的批評，顯示了一種常人的視角，受到詩人的拒斥；詩人清晰表明了對私人建構物的偏愛；它提供了一個大自然的微型幻象。

詩開始便爲小池定位，指出了它的尺寸；下一句描述了看似更大的水體：「盈盈水方積。」小池的優點就是它的近人，它適意的尺寸，以及它在小小的範圍之中富於變化，可以適應詩人時時遷易的興致。小池不僅是詩人實在的建構物；它的樂趣也是詩人想像建構的産物，它的有趣好玩顯示其誘人之處在白居易的心中，而不是從小池本身可以觀察得之的。尤其重要的是「狎弄」，這是一種對無需謹重對待之物感到的樂趣，一種帶有性感的玩弄。這一池水，就好似一個侍妾那樣，是被擁有的對象；它的存在是供人娛樂遣興的。所擁有的微物，和更大的世界（「大江水」）進行明確的對照，而詩人偏愛的乃是小者①。大小世界的關係和詩人從大世界到人工小世界的轉向，在詩的最後一句得到完美的表現，這裡，詩人選擇了從小小的倒影中觀照黎明前天空之美，而不是仰首向上觀望。

被建構出來的自然是一片安全、受保護的天地，主體對這一天地擁有權力，在其中，他可以安排籌劃經驗的發生。這些遊戲活動通常是自反式的詮釋，它們回轉來讚美被建構起來的小小自然。微型池塘看來似乎是九世紀初期的一種時尚，因爲韓愈也有一組以此爲題的非常有名的詩。

韓愈〈盆池〉

一

老翁真個似童兒，汲水埋盆作小池。

① 這首詩所採用的有些詞語令人想起〈古詩十九首〉之十，詩中織女遠眺銀河彼岸。

一夜青蛙鳴到曉，恰如方口釣魚時。

二

莫道盆池作不成，藕梢初種已齊生。
從今有雨君須記，來聽蕭蕭打葉聲。

三

瓦沼晨朝水自清，小蟲無數不知名。
忽然分散無蹤影，惟有魚兒作隊行。

四

泥盆淺小詎成池，夜半青蛙聖得知。
一聽暗來將伴侶，不煩鳴喚鬥雄雌。

五

池光天影共青青，拍岸才添水數瓶。

且待夜深明月去，試看涵詠幾多星。

第一首詩的第一句，便上演了一場天真快樂的戲劇。韓愈是舉止如兒童的老翁，而且，他知道自己舉止好似兒童，而這是真正的兒童不會意識到的。韓愈以口語的「真個」來強調這種相似，而這一強調提醒我們，這一簡單的相似其實完全不是那麼回事。世故的老翁和扮演童稚之間的距離，便是現實中小小的「盆池」與對其所作的誇張詮釋之間的距離。與白居易一樣，韓愈創造了一個幻象的舞臺，他明白這是一個幻象；韓愈採用了感官幻象詩中常見的策略，隱退到黑暗中的聽覺世界，聽得一夜蛙鳴。

組詩的其他諸篇，具有許多白居易詩中常見的策略：對常識觀察的拒斥（「莫道」），有意將關注限定在小的方面——其間的對比關係取法於大世界的對比關係，以及組詩最後的意象中大世界在小世界裡的映照。泥盆引來「聖得知」的青蛙，人工的變成了自然的；這是歌詠比賽的場所，對它的描繪就如同那個時代對詩歌競賽的描繪一樣。

家與園是可以控制的封閉空間，它的封閉，與鏡框或者藝術作品構成文化性類同，外面的世界只有作爲映照或再現才能越界進入它的疆域。爲了「審美」所需的距離，通常需要這樣的一種清晰的邊界。世界各地的藝術，都在一個特定的天地裡再造廣大現實世界的種種關懷，在這個天地裡面，可以安全地面對那些關懷。這一人造天地屬於它的建造者，可以作爲私人擁有物向人展示。在西方文明中，展示是通過雕像的基座、畫框或舞臺的邊際得到實現的；藝術作品可以在廣大的現實世界中被懸掛、被安放在基座上、被搬演，但用不著完全成爲廣大現實世界的一部分。從九世紀開始，中國則發展出在封閉的家庭空間裡籌劃安排審美經驗的傳統。廣大現實世界的種種誘惑和鬥爭，以較小的規模加以重現，被帶入審美活動的複雜文化系統；詩歌在其中扮演評說的角色，它是必要的詮釋，賦予審美活動以價值和意義。

較白居易的小池詩更爲明確的是，韓愈不僅陶醉於池塘，而且陶醉於看到自己對池塘的陶醉。策劃安排出來的樂趣似乎需要從外邊來觀照行動中的自我。詩人隱身於他的聽衆中間：「莫道！」他指點自己，評說這池邊人的舉止好似兒童。這樣一種戲劇化的自我意識是建構私人空間的關鍵；這人工的微型自然，有賴於詩人觀照自己站在舞臺的中心，進行詮釋，也在這一場景中得到快樂。這即刻造成了無不知曉的敍說者和詩中所再現的自我之間的分裂。與園林一樣，被表現的自我也是一種建構，就如詩人宣稱園林是大自然的微觀縮影，他也可以宣稱，那被表現的自我就是現實中自我的具現。

儘管表面上十分簡單，白居易的〈新栽竹〉（二二一三四）是一個完美的典範，表現了被建構和被詮釋的園子，以及居住在這園子中的被詩人再現的自我：

佐邑意不適，閉門秋草生。

何以娛野性，種竹百餘莖。
見此階上色，憶得山中情。
有時公事暇，盡日繞欄行。
勿言根未固，勿言蔭未成。
已覺庭宇內，稍稍有餘清。
最愛近窗臥，秋風枝有聲。

詩人從對官場事務的不滿開始，他的反應不是離開官場走向野地，反是退歸家中，掩門閉戶，隔斷了內外兩個天地。奇怪的是，在封閉的家庭空間之內，他努力愉悅自己的「野性」。在中古隱士世界中，政治中心是所謂「內」，而荒野是所謂「外」。然而這裡發生了一個逆轉：花園成爲「內」，而公職領域乃是「外」。不過，所謂「內」的園子扮演了舊日荒野的角色，來愉悅他本性中對野性的渴望。詩人的措辭尤其重要：竹子使詩人「憶得山中情」。竹林是建構出來的刺激物，它提供了一份對山野自然經過仲介的回顧性體驗，而這體驗在努力追求變得直接，雖然這努力不可能實現。竹林是詩人欲望的建構，是幻象產生的場所，而詩人也承認幻象並非現實。

正如竹林被公共空間所環繞，詩人對園林的體驗是終日繞欄行走的圓環運動——如果他穿過山中的竹林，他也會「終日」行走，但大概走的是直線路徑。就好像鏡像反映出來的微觀縮影一樣，園林詩歌中非常重要的圓環運動，是在限制中走出無限來。而且，這一體驗是被公共時間所劃定和限制住的有限時段。這一天地是屬於公餘時間的。

這裡，白居易藉「勿言」引入常識性觀點。我們必須注意，除了少數真正造訪過白居易竹林的人，如果不是詩人自己告訴我們的話，誰都不會知道竹子「根未固」、「蔭未成」。這一平常的視角，使我們可以衡量白居易的詮釋溢餘和過高估價。也就是說，我們從「勿言」所告訴我們的資訊推測到竹子的實際情形，因此明白詩人所謂「有餘清」的感覺不過是幻象而已。

在詩的最後一聯，詩人做出異乎尋常之舉。他進一步退入內室（顯然不再完全滿足於繞欄行走）。在這裡，他聆聽竹子發出的聲音。他從視覺境界退出，因爲視覺境界使他不得不面對感官經驗的現實和幻想中竹林成蔭的差別，他因此退入聽覺境界，這裡感官經驗可以證實他的幻覺。但這仍只是幻象，詩人也知道這一點。

欲望、建構、在一個封閉天地中策劃安排快樂、在人工構造中再現作爲幻象的自然——所有這些私人天地的活動，都是以詩人爲中心的，這個詩人不是社會的存在，也不是感性的存在，而是善於想辦法滿足自己欲望的心智。詩人策劃安排一幕「大自然」的戲劇，他自己則作爲一個「自然的人」占據了舞臺中心。

這樣的一種「私人性」，始終關注外部對自己的觀照，它最終是一種社會性展示的形式，依賴於被排斥在外的他人的認可與贊同。私人天地的可能性本身就是一個社會現象，這些文本強化了那些爲一個社會群體（如果不是整個社會）所共有的價值。有關小園的詩，與柳宗元記敍在野外買地的文章一樣，是爲了公共流通閱讀的，它展示得更多的是富於創造性的心靈，而不是一片隔絕的天地。

私人空間作爲一個映照和反思的空間，有可能改變外在的世界，我們或許應該考慮一下私人空間如何包容涵括並重塑社會責任。唐代詩人一般很少奢談自己的家庭。通常的緘默使偶爾的評論言說（如在杜甫和白居易的詩中）顯得更加特別。以它的社會關係、前途、煩惱和責任，現實生活中的家庭直接把它的成員和廣大的公共世界拴在一起。私人天地中的社會關係必須有所不同，它建構詩人與他人的關係，猶如園林之建構大自然。

白居易〈洛下卜居〉

三年典郡歸，所得非金帛。
天竺石兩片，華亭鶴一隻。
飲啄供稻粱，苞裹用茵席。
誠知是勞費，其奈心愛惜。

遠從餘杭郭，同到洛陽陌。
下擔拂雲根，開籠展霜翮。
貞姿不可雜，高性宜其適。
遂就無塵坊，仍求有水宅。
東南得幽境，樹老寒泉碧。
池畔多竹蔭，門前少人跡。
未請中庶祿，且脫雙驂易。
豈獨爲身謀，安吾鶴與石。

白居易對石、鶴的擁有，更類似於獲取侍妾，而不是婚姻（第二句中的「得」，是描述獲取妾侍而非妻子的恰當動詞）。這裡，溢餘價值的展示，不是在於詩人所享有的快樂，而在於他對愛物所花費的心力。這一必要的雙重視角在詩中表現得非常清晰：

誠知是勞費，其奈心愛惜。

詩人承認「誠知是勞費」，這是普通看待事物的視角；但他也要作「自然的人」，沉溺其中，不能自己。然而詩中的聲音表現的不是上述任何一種視角，而是對自己的過分勞費進行表現所感到的快樂。

在詩的結論中，詩人宣稱他的所作所爲並非爲自己，而是爲了石和鶴；這顯然乃是不能完全當真的玩笑話，但如此一種對自己動機的表現方式，卻值得做一些思考。正如章表奏摺中的公式化文字或者杜甫在〈茅屋爲秋風所破歌〉裡所做的那樣，否認個人利益對於公共話語的權威性是至關重要的。這是使自我屈服於更大的公共利益的一種修辭手段。白居易的詩保存了這一修辭手段，但把它顚倒翻轉過來，使之成爲一種遊戲的形式，也就是說，詩人屈服於私人天地的利益而不是公共利益，中庶子的官位則代表了自私的利益。園林中的關係結構，如同小池，是外在世界的一面鏡子，唯一的差別在於園林中等級關係結構是詩人自己的創造。

詮釋智慧的力量不僅局限於園林。機智是攜帶型的，把其他地方也變成對園林這一人爲建構的私人空間的類比。這裡，重要的是記住，有關私人天地的詩是公共性的；它是給朋友們，以供流傳流通閱讀的。詩歌展示的對象不是園林，而是詩人自己。白居易最有名的詩之一背景設在山中，但我們即刻就發現，這不是中世紀的隱士們所居住的那種山：詩人不僅只在公務餘暇時才登臨此山，而且，他很快就彙聚了一批驚歎的觀衆，構築了一個以詩人爲關注中心的有限空間。在衆目睽睽之下，山野成了園林：

〈山中獨吟〉（二二〇六九）

人各有一癖，我癖在章句。
萬緣皆以銷，此病獨未去。
每逢美風景，或對好親故。
高聲詠一篇，恍若與神遇。
自爲江上客，半在山中住。
有時新詩成，獨上東岩路。
身倚白石崖，手攀青桂樹。
狂吟驚林壑，猿鳥皆窺覷。
恐爲時所嗤，故就無人處。

白居易不僅是作詩的詩人，而且是想像自己創作的詩人。如同園林，行爲是想像「將會如何」的結果。園林既是人工的，也是自然的，同樣，詩人既是自我創造出來的，也是自然的人。在「癖」的促迫下，他對詩的熱愛成了一種「病」。這一點在好幾種意義上都是真確的。其一，本能衝動的歌吟：「恍若與神遇。」其二，詩的機智，它建構經驗，籌劃經驗的發生與展現，它再也無法把寫詩的詩人和被表現的詩人統一起來。

白居易過度擡高園林的價值，因此，他需要別人對園林進行嘲諷；此處，他也需要別人的傳統觀念對他的詩做出嘲諷。正因爲害怕這些嘲諷，詩人「故就無人處」。但是，儘管這是山中而非園林，我們還是立即注意到山的空間是由對別人的排斥所界定的。在戲劇化的私隱之中，詩人吟誦表演早先完成的詩篇。儘管他假作排斥了那些嘲諷他的人們，他對狂吟的描寫生動地刻畫出他在想像裡被充滿驚奇地觀察和傾聽；他想像自己成爲關注的中心，虛構聽衆包括猿、鳥——當然，還有我們這些讀詩的人。

這首詩中有一小點，我們幾乎沒有注意到。雖然白居易將作詩說成自然衝動的歌吟，實際上，他將詩歌活動分爲不同的階段：創作階段，和表演階段。白居易尤其得意於自己詩歌的拙樸，暗示這一風格的自然如同小園中天真詩人的自然。但正如自覺的造作所帶來的更大的問題縈繞著詩人及其園林，難以辨清這首詩是對此刻衝動的純粹表現，還是爲了進行未來的表演而作的。它或許不是本能衝動的時刻本身，而是對這一時刻的表演和再現。

九世紀初期詩歌與寫作之觀念

中國傳統中最爲古老且具權威性的各家詩學，都堅持詩歌創作的有機性。無論怎樣認識文本之後的動力——是道德風尚、宇宙進程、個人感受，抑或是三者間的某種結合——都被認爲是自然的，而不是從有意的技巧中產生。漢代偶爾發現的關涉到文學技巧的愉悅，引起了強烈的負面反應：用揚雄的話來說，就是「雕蟲」，即一種被虛耗浪費了的專注力，這種被浪費的注意力顯示一個人容易產生道德懈怠。詩歌技巧在南朝成爲人們強烈的興趣所在，然而理論家們依然將它視爲社會道德敗壞的跡象。在那個時代偉大的文學論著《文心雕龍》中，劉勰（四六五？—五二〇？）竭力將詩歌技巧和創作有機論結合起來，但兩者往往不過只是處在不和諧的聯結狀態中。七世紀和八世紀上半葉，詩歌技巧論有了充分的發展，野心勃勃的詩匠們得以據之習得詩歌技法（考慮到對有相當水準的詩歌創作的社會需求，這樣一種技巧詩學的發展並不令人驚奇）。當時對於技巧的譴責減少了，但並沒有消失。當對於創作過程的細節關注轉向有關詩歌本質的宏大論說時，創作有機論依然是不可動搖的。

中唐時，一種相對新穎的創作觀念凸顯出來，溝連了自然與技巧兩方面①。詩的一聯或一行漸漸被看作是某種意外的收穫，它們先是被「得」到，而後通過深思熟慮的技巧嵌入詩中。這一新的流行觀念對於理解詩人經驗和創作之間的關係有深刻的意義。我們開始看到詩人們認可在引發詩歌創作的具體經驗和創作行爲之間在時間上存在距離，認可「精心造作」詩歌的觀念。這指向了下述的觀念：詩歌是一種技巧藝術而不是對經驗的透明顯現。

對詩歌作爲意外收穫的逐漸增長的興趣，與八世紀晚期及九世紀初「景外／象外／言外」美學的形成相關聯。這時，詩學想像便與現實可感的經驗相區別，與語詞對此類經驗直接加以表現的能力相區別。作爲意外收穫，詩歌的境界成爲詩人的擁有物，它們標識著詩人眼光的獨特。

寫出風格獨一無二因此很容易判屬作者的作品，這樣的意圖，也爲那些秉持創作有機論的作者們所共有。我們或許可以對比一下九世紀初兩項非常有名又非常不同的創作理論。首

① 我在本文中描述的詩學旨趣只是八世紀各種文學創作和文學理論構成的複雜網路中之一脈。或許另一個最驚人的觀念是將詩人視爲真正的造物主，他可以與「造化」相提並論。參見商偉〈被囚者與創造者：韓愈與孟郊詩中詩人的自我形象〉，CLEAR（《中國文學：論文及評論》）一六，（一九九四／一二）：一九—四〇。

先是韓愈〈答李翊書〉的核心段落。在描述了經過長期的學習以使古人的意旨內化於己並祛除「陳言」之後，韓愈繼續道：

當其取於心而注於手也，汩汩然來矣。其觀於人也，笑之則以爲喜，譽之則以爲憂，以其猶有人之說者存也。如是者亦有年，然後浩乎其沛然矣。吾又懼其雜也，迎而距之，平心而察之，其皆醇也，然後肆焉。雖然，不可以不養也。行之乎仁義之途，遊之乎詩書之源，無迷其途，無絕其源，終吾身而已矣。氣，水也；言，浮物也。水大而物之浮者大小畢浮。氣之與言猶是也，氣勝則言之短長與聲之高下者皆宜。①

這是對「學」的標準化描述的變調，在這一描述中，樣板典範和批評反省逐漸被消化吸收，直至成爲第二天性。這引致了創作的自然發生（或者既有規範的再生產）。這部分論述中，最帶有韓愈特點的是他對於「雜」的憂慮。他所擔心的「雜」不是從道德謬誤上來說的，而是因爲攙雜了他人的質素並由此贏得人們的喜愛。道德純粹之作品的具體表徵就在於他人對之普遍加以蔑視。即使我們把這一姿態視爲自衛性的舉動，這也是一種具有激進涵義的自

① 馬其昶《韓昌黎文集校注》（上海：中華書局，一九六四），頁九九。

衛舉動。這一段落中最主要的對比就是「醇」和攙入了「人之說」的「雜」①。這是通過排斥異質來呈現獨特的身分：就如同韓愈〈諫迎佛骨表〉所設想的清除了佛教的中國，或者位於長安以南的太平公主莊園，文章不能屬於別人，必須只屬於自己。最後的目標，也即淨化了的本質的自然實現，是對孟子所謂「浩然之氣」（「氣」在這裡兼有「能量」與「氣息」之意）所作的文學轉化，它承載著汩汩的言辭，而這些言辭的連綴以氣爲媒介。相對於爲人所共有的、可以複製的駢體修辭，它的節奏應該是自然而不規整的，因而也是不可重複的。

第二段是一著名的軼事，出自李商隱〈李賀小傳〉：

> 恒從小奚奴，騎驢，背一古破錦囊，遇有所得，即書投囊中。及暮歸，太夫人使婢受囊出之，見所書多，輒曰：「是兒要當嘔出心乃已爾。」上燈與食，長吉從婢取書，研墨疊紙足成之，投他囊中。②

上述兩則有關創作的描述之差別，標誌著詩學中一個基本的分野。韓愈遵循著儒家詩學

① 這裡的「說」也可以理解爲「悅」，「人之悅者」則意味著別人所喜歡的東西。

② 葉蔥奇《李賀詩集》（北京：人民文學出版社，一九八〇），頁三五八。

的主流，認爲文字「取之於心」，因而可以由文字進入作者的內心，而且對韓愈而言，這樣的作者業已將古人的價值內化於自身。韓愈作爲後來者的意識迫使他承認在自我表達時語言的歷史性，從而導致他關於「醇」的言說，並且企望通過排斥「人之說者」來獲致自我所獨具者。一旦獲得「醇」也就恢復了心、言間的通貫①。

關於李賀寫作實踐的敍述則屬於唐代技巧詩學的譜系：詩始於對幸運的意外收穫的追求。《文鏡秘府論》中僞託王昌齡的〈論文意〉（八世紀）提出了不少任心神徜徉於天地之間的建言，不過它仍附加了如下一節：

凡詩人夜間床頭，明置一盞燈。若睡來任睡，睡覺即起，興發意生，精神清爽，了了明白，皆須身在意中②。

① 白居易對自己詩歌創作的描述屬於同一個傳統（見本書頁十九，及頁一〇七—一〇九）。他們兩位作家都認識到文辭運用的歷史性。韓愈主張祛除「陳言」，而白居易則以粗拙的措辭和違拗的韻律自豪。對他們而言，「真」通過對抗當代的規範語言得到實現，並在俗衆的嘲笑中得到肯定。白居易稍稍不同一些，他始終強烈地呼籲一種天真的直接與透明，而他造作出來的樸野風格也對後代詩人成爲更有影響力的榜樣。

② 王利器《文鏡秘府論校注》（北京：中國社會科學出版社，一九八三），頁二九〇。該節的最後一句展開了有關詩人和詩歌之間有機聯繫的討論。

接下來：

凡神不安，令人不暢無興。無興即任睡，睡大養神。常須夜停燈任自覺，不須強起。強起即昏迷，所覽無益。紙筆墨常須隨身，興來即錄。若無紙筆，羇旅之間，意多草草。舟行之後，即須安眠。眠足之後，固多清景，江山滿懷，合而生興，須屏絕事務，專任情興。因此，若有製作，皆奇逸。看興稍歇，且如詩未成，待後有興成，卻必不得強傷神[①]。

這還不是中唐苦吟以「得句」的世界；在這裡，詩人們還在等待「興」之來臨。但在這段話極爲實在的勸告中，我們已經看到應該如何爲偶然來臨的詩興做好準備。這裡的焦慮不是擔心被「雜」所污染，而是怕失卻所得；所以詩人必須充足地休息，時刻做好準備。〈論文意〉在這兒和別的許多地方，都向讀者提供技巧以找到那超乎技巧的東西。

李賀的傳記和許多其他九世紀關於創作的論述中，核心詞都是「得」。韓愈用的是更爲

① 王利器《文鏡秘府論校注》（北京：中國社會科學出版社，一九八三），頁二九〇。該節的最後一句展開了有關詩人和詩歌之間有機聯繫的討論，頁三〇六。

主動的語彙「取於心」，而後再注於手。「得」則不同，比較偶然，而不完全是有意爲之。詩人所「得」的可能是不完美的、片斷的，須要修改和完成。韓愈對自己早先文章的批判性反省並不是著眼於打磨修治它們，而是估量他在達到純一的道路上走了多遠。韓愈期待的是一個無需打磨修改而立即實現完美的階段。而對李賀來說，詩歌總得經歷兩個階段，這兩個階段具體表現爲兩個錦囊：第一個錦囊是爲預期中的「意外收穫」預備的，第二個錦囊則是爲了回過頭來運用具有反思性的技巧將「意外收穫」加工成一首詩。

李賀故事中對創作活動進行籌劃準備，猶如搬演一場戲劇，這一點值得我們特別關注，尤其是家中女性和婢女的介入，是她們幫著詩人「嘔出心」來。韓愈完全掌控著自己的創作，而李賀好像一部需要時刻照料的作詩機器，女人和僕人提供他一切必要的道具。小傳還提到李賀每日如此，除非是大醉或弔喪日；這意味著創作真好像機器一般規律化、程式化。與韓愈一樣，李賀的母親將創作想像成一種傾吐，但韓愈的創作好似水流，而李賀的作品則似乎是小硬塊。

九世紀，一種爲時久遠的詩學實踐理論逐漸呈現，並且對更加古老的儒家詩學發起挑戰。詩歌成爲幸運和技巧的結合，而不再是詩人「情」、「志」或身分個性純粹的表現。這一變化最清楚地體現在對寫作時間的表現方面：在早先的詩學觀念中，詩歌的權威性基於它是一種情境遭遇的直接產物。我們假設杜甫有關安祿山之亂的詩是緊接著它所關涉的歷史事件而作的；如果我們放棄這個假設，那麼許多古典詩歌的繫年以及從中得出的詩人傳記材料便分崩離析了①。然而在中唐，確實出現了寫作時間歷時長久的可能，尤其在一句詩或一聯詩的層面。如果我們假設杜甫關於安祿山之亂的詩作於十來年後的夔州，這將會改變讀解杜詩的方式。而如果我們設想中唐李賀、賈島（七七九—八四三）這樣的技巧派詩人寫詩——甚至是那些應景之作——需要多歷年所，則沒有一個讀者會感到奇怪②。

《文鏡秘府論》中〈論文意〉的技巧理論業已在經驗和寫作之間假設了一段間隔，以替代「激發與回應」的直接相連，這其中有類似華茲華斯「在靜謐中回想」（recollection in tranquility）的因素，回想的時刻緊接在經驗之後發生。在我們先前引述的段落中有云：「舟行之後，即須安眠。眠足之後，固多清景，江山滿懷，合而生興，須屏絕事務，專任情興。」這裡，寫作並非直接產生於經驗（這會使得作品草率紊亂），而是一種回顧或回想，是一個排除了一切俗慮的心靈所產生的圖景。這樣的論述，已經接近於承認詩所呈現的場景並不同

① 我說的僅僅是閱讀中成規性的假設，暫不理會這些假設是否具有歷史的準確性。

② 很多學者都注意到杜甫在〈解悶〉之七中提及詩的修改：「新詩改罷自長吟。」但我們必須指出，他明確提到這些是「新」詩。或許可以把它與九世紀末葉的詩人鄭谷〈中年〉一詩的尾聯進行對照：「衰遲自喜添詩學，更把前題改數聯。」鄭谷詩中的「前題」暗示這些詩不是「新詩」。與杜甫之完成其詩作不同，鄭谷把自己的詩視爲可以不斷修改的東西，一個過程，對「詩學」進行完善的一部分。

於日常生活的場景，即使該詩宣稱要表現詩人生活經驗的具體細節。

如果詩歌不再是對感性經驗的再現，那麼該以怎樣的標準來界定詩歌的再現性質呢？在特定的情景寫作時，詩人能否寫及天空中的飛鳥，就算空中並無飛鳥？在一首即景寫下的詩裡，如此背離現實的做法或許是令人困惑的；但如果一首詩經數月、數年甚至十來年才最終完成，此類細節就顯得無關緊要了①。詩歌語言受制於對偶、聲律、音韻及規範，這些因素就和激發了詩作的生活情景一樣重要，這已經是公開的秘密。如果一首詩的場景是擬想出來的，那麼，何以不能選取效果最佳的細節呢？

在這樣的背景下，我們必須引述中國文學傳統中關於寫詩技巧最有名的軼事。這個軼事爲漢語文言提供了一個表現深思熟慮的美學抉擇的標準辭彙：推敲。以下該軼事的文本取自五代何光遠的《鑑戒錄》，它說的是九世紀初的詩人賈島：

> 忽一日於驢上吟得「鳥宿池邊樹，僧敲月下門」。初欲著「推」字，或欲著「敲」字。煉之未定，遂於驢上作「推」字手勢，又作「敲」字手勢。不覺行半坊。觀者

---

① 這在西方詩學中不成其爲問題，而在中國傳統詩學中則是重要的。《詩話》的作者們特別樂於指出詩中的事實錯謬，這被視爲嚴重的缺陷。

訝之，島似不見。時韓吏部愈權京尹，意氣清嚴，威振紫陌。經第三對呵唱，島但手勢未已。俄爲官者推下驢，擁至尹前，島方覺悟。顧問欲責之。島具對「偶得一聯，吟安一字未定，神遊詩府，致衝大官，非敢取尤，希垂至鑑」。韓立馬良久思之，謂島曰：「作敲字佳矣。」①

雖然無法將這則軼事逆溯到九世紀（更別說判斷它的歷史真實性了），它還是能夠很好地傳達九世紀初有關詩歌技巧的新觀念的形成，以及對詩人專心致志沈浸於詩藝的尊崇。對詩歌技巧的追求和無法自控的著迷在一個恍恍惚惚遊蕩於京城街道的詩人身上得到體現。

我們不知道賈島所「得」的這聯詩是對現實情景的重構還是完全生造出來的；我們不知道這一聯屬於一首正在寫的詩，還是整首詩是後來爲了該聯而補足的。這一聯現可在題爲〈題李凝幽居〉的詩中找到，但我們不知道上述軼事與賈島拜訪李凝在時間上的關聯。然而，很明顯的是，選擇一個好詞的標準屬於詩歌技巧的範圍，和事實無關。這引起了十七世紀偉大的文學批評家王夫之的憤怒。王夫之在《薑齋詩話》特別談及這則軼事的內涵：

---

① 王大鵬編《中國歷代詩話選》（長沙：岳麓書社，一九八五），頁一一八—一一九。

> 「僧敲月下門」，只是妄想揣摩，如說他人夢，縱令形容酷似，何嘗毫髮關心？知然者，以其沈吟推敲二字，就他作想也。若即景會心，則或推或敲，必居其一，因情因景，自然靈妙，何勞擬議哉？①

換個簡明的說法：這聯詩若是真實的，那詩人就自然應該知道僧人（賈島自己）到底是「推」門還是「敲」門的。對王夫之而言，要想「真」，詩境必須符合現實情景（儘管符合現實情景本身並不能確保「真」）。

李賀之母擔心他嘔出的「心」是匠人的心。詩人騎驢出門就是爲了寫詩；這些詩並不是詩人生活必要的組成部分，詩人生活之中心另有所在。錦囊總在那兒等著容納詩人所「得」的一切。

沉迷耽溺乃至詩魔附體的意象在九世紀變得非常普遍。他人的嘲笑和錯愕成爲自傲的本錢。詩人表面上自嘲，其實是在自誇。

薛能（約八一七—？）〈自諷〉：

---

① 王夫之《薑齋詩話箋注》，戴鴻森注（北京：人民文學出版社，一九八一），頁五二。

千題萬詠過三旬，忘食貪魔作瘦人。
行處便吟君莫笑，就中詩病不任春。

詩中的第三句令人想到八世紀詩人王翰有名的絕句〈涼州詞〉：

葡萄美酒夜光杯，欲飲琵琶馬上催。
醉臥沙場君莫笑，古來征戰幾人回。

招致嘲笑的人，其身分的歷史轉變深有意味：不再是即將走上戰場的士兵因爲恐懼和絕望而酩酊大醉，而是被「詩病」所困的詩人。士兵的形象屬於一個種種行爲都可以得到理解的世界，因爲產生行爲的動機和情緒具有普遍性；而詩人的可笑癲狂則顯得特異和難解，這標誌了詩人與常人的區別。

如前文所言，白居易也把詩視爲「癖」和「病」①。白氏對詩作爲身體壓迫的興趣，可以拿來與中唐年輩最高的詩人孟郊做有意味的對比，在後者關於詩的論述中，疾病也始終占據

① 參見前文所引〈山中獨吟〉。但對白居易而言，詩癖導致的是技巧的極端缺乏而不是極端的技巧。

一席地位。對孟郊而言，疾病是他寫作的身體條件和普遍性條件。正如「苦吟」將引發寫詩的痛苦轉變爲寫詩本身的痛苦，病痛不再是詩的產生背景，而變成了對詩歌本身以及詩人寫作過程的描述。九世紀對這些寫作意象的轉變仍然是有機性的：所有這一切都在強調寫詩的不由自主和身體的強迫性。但是，這種作詩的強迫性衝動，局限於少數人也即「詩人」，他們認爲這種脫離大眾經驗的異化乃是一種好處。

詩與大眾經驗的疏離導致了一系列有意思的結果，在九世紀初詩人姚合的一首文雅的致謝詩〈喜覽涇州盧侍御詩卷〉中可以窺其一斑：

新詩十九首，麗格出青冥。
得處神應駭，成時力盡停。
正愁聞更喜，沉醉見還醒。
自是天才健，非關筆硯靈。

我們首先注意到創作的興奮感。第二聯詩簡約地再現了李賀故事中創作的兩個階段，對「意外收穫」做了更爲清晰的表述。如果「神」驚駭於「得」，那麼詩人的所得便是他沒有預料到的——那就如俗話所說是得自天助。詩歌語言不再僅僅是自我表現，而是一種令人驚奇的收穫。下一階段，詩人完成所得之物（李賀的第二個錦囊），這得付出「力」，這一過程屬於有意識的努力。

「意外收穫」令詩人驚愕讚歎的能力，與詩歌在現實世界中的影響力可以相提並論。通常，詩歌的影響力被描述爲讀者理解詩人的情感及促使他作詩的背景；或者被描述爲技術意義上的「感應」，也就是說，讀者自己的意向或情緒與詩或詩人發生了共鳴，因而爲之感動①。然而在這兒，詩歌使人驚愕，並具有扭轉讀者意向的力量，把「愁」轉爲「喜」，把「醉」轉爲「醒」。這樣的詩不再僅僅是詩人自我的延伸；它是一股獨立自主的力量。

在詩歌緣起上，問題依然存在。姚合拒不承認「筆硯靈」是詩歌力量之源泉。姚合給出了一個雙重答案，但兩者很容易調和。盧侍御的詩歌風格既來自於天（「麗格出青冥」），也來自於他本人的才能（這份才能也是天授的）。

値得注意的是，那了不起的「意外收穫」可以在自身內部被發掘出來。詩人在自身發現未曾自覺的東西，乃是「無意識」的原始觀念。愛德華・楊格（Edward Young）在《關於原創寫作的臆想》（Conjectures on Original Composition）中曾以沈潛入海而後海底日出的比喻言及於此：

① 這裡最重要的一個例外是儒家的功用詩學，這種詩學認爲詩激發的是讀者的道德感情。

深深潛入你的內心；了知你心靈的深、廣、偏執乃至一切；與內在於你自身的陌生人變得親密無間；激發並珍惜心智的每一點光與熱，無論它們是如何沈埋在以往的忽略中，或是零落在平庸思想的晦暗裡；將它們集聚爲一體，讓你的天才（如果你確實擁有天才）如太陽一般從混沌中升起；如果我像一個印第安人那樣說：崇拜它吧，儘管過分大膽，但除了我的第二條準則（也就是說，敬重你自己！）之外，我還是不打算多說什麼了。①

在〈戲贈友人〉詩中，賈島無須深潛下海，「心智的光與熱」沈沒井中，詩人只須一條井繩：

一旦不作詩，心源如廢井。
筆硯爲轆轤，吟詠作縻綆。
朝來重汲引，依舊得清冷。
書贈同懷人，詞中多苦辛。

① James Harry Smith and Edd Winfield Parks, eds., *The Great Critics*, 3d ed.（New York: Norton, 1951）, p.422.

楊格潛入水底，韓愈滔滔奔流，而賈島則必須投下他的思想水桶，而儘管付出努力，從井中提上來的水桶仍有可能空空如也。在主動而有意識的自我與那雖可達到但深藏在自身之內的東西之間存在一種區分，而在這首詩表面看來想入非非的語調和井中所得詩句的「苦辛」之間也存在一種區分，前一種區分在後一種區分中得到奇異的呼應。我們也不清楚「苦辛」是對詩人心態的描寫，還是指作詩時的艱辛努力。「同懷」是表示友人分擔了詩人的痛苦心情呢，還是說他能夠領會詩人作詩的艱辛呢？在什麼意義上說這首詩是「戲」呢？

「意外收穫」被沈入井底，遠離顯而易見的表層；詩人「得」到一個意象、一行詩或一聯詩，並爲此深感驚奇。把一行或一聯完美的詩句放在可及的「象外」，在這一時期對詩歌的表述一再出現。討論唐代詩學的論者通常專注於「超越性意象」的觀念。對使用「超越性」一詞，我有些猶豫，但確是經過考慮的，因爲其核心特質便是「超乎其外」，無論是「象外」還是「言外」。尤其是「象外」的表述，我們不妨稱之爲「超模仿」論[①]。九世紀晚期的批評家司空圖（八三七—九〇八）將此描述爲「象外之象」、「景外之景」，司空圖以繫於戴叔倫名下的比喻來形容這個微妙情狀：「詩家之景，如藍田日暖，良玉生煙，可望而不可置於

① 「象」包含著「像」的意義，因而「象外」的詩歌，其作爲詩的基本質素也便存在於再現性的逼真之外。

眉睫之前也。」①戴叔倫以「煙」的意象把清楚劃定的視界變得朦朧，而「煙」就此成爲「詩意」的重要部分。

這一難以言喻的詩歌意象的緣起可以在〈論文意〉的一節文字中找到。該節文字指明在實際經驗和寫作實踐之間存在著分離（這和詩歌乃是對外界條件激發的直接回應這一傳統論調正好相反），這也是中國文論傳統中對反映理論的最清晰的表述之一：

> 夫置意作詩，即須凝心，目激其物，便以心擊之，深穿其境。如登高山絕頂，下臨萬象，如在掌中。以此見象，心中了見，當此即用。如無有不似，仍以律調之定，然後書之於紙，會其題目。山林、日月、風景爲真，以歌詠之，猶如水中見日月，文章是景，物色是本，照之須了見其象也。②

這一段話開始，作者重申作詩之「意」優先而冥思構想隨後。這可能是與下文的「會其

---

① Stephen Owen, *Readings in Chinese Literary Thought*.（Cambridge, Mass.: Harvard University Press, 1992），p.357.（譯案：此語見司空圖〈與極浦書〉）

② 王利器《文鏡秘府論校注》，頁二八五。「景」雖然可以譯爲「scene」，但其前後都是關於映照與倒影的語彙，看來最好讀之爲「影」。

題目」相應的（也許和科舉試詩及作詩方法論有關，那時詩人必須按照給定的詩題作詩）。但它很快轉向具體的寫作經驗。首先是眼睛觀照某對象，而後心意對其作用。體驗到的是所謂「境」，「境」包容「萬象」，它們被作為整體但同時也是具體而微地把握（「如在掌中」）。這一整體把握的微細，預示著後來的映照比喻。意念中對整個境界的把握必須先於文字創作。接下來，詩歌文本被明確地界定為「真」實世界的「反映」或鏡像，而在這一鏡像中，構想出來的詩境成為文本和真實世界之間的透明媒介。

這裡，我們看到一個充分發展了的關於心中「詩境」的觀念，這一「詩境」在經驗和創作之間起仲介作用，這成為後代詩學中一個非常重要的設定。「本」和「景／影」之間的完美對應，可以作為我們理解「象外」美學之發展的背景。也就是說，我們在通俗詩學中找到了高級詩學中從來略而不談的模擬理論（它與早先的「巧似」理論非常不同），而這種摹擬理論正是「象外」美學所否認的可能性。下面我們將會看到，「象外美學」和詩人的「意外收穫」聯繫在一起，而「意外收穫」並不來自於現實經驗。

戴叔倫是八世紀後期詩人，和皎然（七三〇—七九九）大約是同時代人。儘管詩之價值超乎「言」「象」之外這一詩歌理論的基礎可在更早些時候找到，但它的首次清晰表述卻是在皎然的《詩式》之中。皎然評論了五世紀詩人謝靈運的名句「池塘生春草」，他引述了謝靈運的兩句最有名的詩為該段文字定調：

> 「池塘生春草」、「明月照積雪」
>
> 評曰：客有問予，謝公此二句優劣奚若。余因引梁征遠將軍記室鍾嶸評爲隱秀之語，且鍾生既非詩人，安可輒議，徒欲聾瞽後來耳目。且如「池塘生春草」，情在言外；「明月照積雪」，旨冥句中。風力雖齊，取興各別。（中略）情者如康樂公「池塘生春草」是也。抑由情在言外，故其辭似淡而無味，常手覽之，何異文侯聽古樂哉。謝氏傳曰：吾嘗在永嘉西堂作詩，夢見惠連，因得「池塘生春草」。豈非神助乎？①

至少在某種程度上，皎然不過是以「情在言外」來解釋何以簡單的詩句會如此之美。然而，「情在言外」獲得了它自己的生命力，生發出超乎原初使用動機的意蘊語詞往往是如此的。

「池塘生春草」後來一直都是檢測那難以言喻的「詩意」的試金石，尤其對於王夫之而言，他堅決反對任何沒有現實經驗作爲基礎的詩句。然而，這一「詩意」盎然的名句來自於謝靈運的夢境而非現實經驗。據鍾嶸（？—五一八？）《詩品》記載，謝靈運是在夢中「成」

① 李壯鷹《詩式校注》（濟南：齊魯書社，一九八七），頁一一五—一一六。

此詩句的①。皎然對鍾嶸的改寫頗有意味：謝靈運乃是「得」此詩句；而且在重述這一故事時，皎然省去了鍾嶸版本裡的最後一句話：謝靈運原本說「此語有神助，非我語也」②。這一微妙而典範的詩歌意象，超乎語詞的實際指涉意義，原是詩人的「意外收穫」，它的價值得到肯定與確保，是因爲它超乎詩人及其自覺能力之外。睡眠的作用十分重要，在很多方面與李賀作詩猶如機器一般的自動性相應和。《文鏡秘府論》告訴詩人，詩歌會在睡夢中來臨；而謝靈運最著名的詩句正是來自夢中。把詩人視爲「神助」的渠道，這可以說是中國傳統最接近於詩人乃是神之代言人這一觀念的地方了。

皎然的《詩式》中，謝靈運的詩句在現實世界中沒有任何基礎——在鍾嶸的記述中，這甚至不是謝靈運自己的句子。我們在接近一個新的詩學概念：詩中之景不是「見到」的，而是「想見」的。更進一步，被想見的不是一首詩，而只是一句或一聯詩，甚至只是存在於文字表達之前的一點「詩意」而已。圍繞著這一點詩意的構想，一首詩被建構起來，拿李商隱描述李賀作詩的話來說，就是被「足成」。如此構想出來的詩境，其價值之核心乃在它超乎現

① 鍾嶸對該句著作權的看法或許隱含在他將此則軼事歸入有關謝惠連的評論而不是歸入有關謝靈運的評論。

② 陳延傑《詩品注》（北京：人民文學出版社，一九六一），頁四六。

實經驗之「外」，無論是言外、象外，還是景外。

從劉禹錫〈董氏武陵集紀〉一段有名的文字中，我們可以在難以言傳的詩意情景與語詞表達之間看到某種聯繫：

> 詩者其文章之蘊邪，義得而言喪，故微而難能；境生於象外，故精而寡和。千里之謬，不容分毫。①

在〈論文意〉中，我們看到構想之景先於文字寫作。這兒，我們則看到閱讀文字把讀者導回構想之景象（讀與寫之間的某種相應是中國文論傳統最爲持久的特徵之一）。正如在戴叔倫對「詩意」的描述裡，「煙」模糊了物象清晰而明確的輪廓，劉禹錫在這裡以詩境抹去了產生詩境的文字（這是在回應莊子）。詩是「文章之蘊」，我將「蘊」譯爲（the）intensive（form），意指它內涵甚多，是「豐富」的。閱讀似乎可以釋放出這些被壓縮的內涵，解開語詞的包袱。「言外」這兒也就是「言後」。

在達到「境生於象外」的特質時，我們發現一種排斥他者（「寡和」）的獨特性。詩的

① 瞿蛻園《劉禹錫集箋證》（上海：上海古籍出版社，一九八九），頁五一七。

獨特的完美被暗喻爲旅程，開始時如果失之秋毫，最後就會謬以千里。這裡，我們被悄悄地告知真正的詩人與詩匠之間的差別。開始時都是差不多的，但真正的詩人的作品與僅僅能夠做到押韻合律的詩之間相距千里。根本的不同就在於是否能獲得「象外」的效果。

如我們已經看到的，九世紀之初的詩人正成爲一個遠離大衆的人物；同樣，詩也被賦予一種特殊的地位，暗示了真正的詩與押韻文字之間的根本性差異。這已經非常接近九世紀對詩最引人注目的表述之一，也即杜牧的一句詩：

浮世除詩盡強名。

「強名」典出《老子》。老子認爲，「道」這個字，乃是強加給原本無名的事物的名稱。很簡單，杜牧在這兒申明的是：詩是唯一的真正的語言。而這一語言的真諦——正因此它才足以充分完全地表達現實世界——便在於生產那超乎「言外」與「象外」的詩境。

浪漫傳奇

中唐時代目睹了一種浪漫傳奇文化的興起，它表現了男女之間出自個人選擇而社會未曾予以認可的關係①。浪漫傳奇的興起，與個人的詮釋或評價活動的發展、與私人空間的建立，是緊密相關的。浪漫傳奇想像性地建構了一個經過取捨的小世界，它既存在於一個社會主導性的世界之中，又因爲情人相互之間的專注投入而與此社會主導性世界相分隔。在社會中建構這樣一個自主的領域，會導致矛盾與衝突，而浪漫傳奇敍事則進一步探索這一矛盾與衝突。

在浪漫傳奇中，如同在林園中的私人生活中，文字再現形式（representations）無法與態

① 這裡的「傳奇」一詞，是就其通常意義而不是作爲文學術語來使用的；儘管它也可以用來在話語中定位大的人類現象。

度和行爲完全分離。詩歌的流通塑造了閒暇活動，引出小池的建築，促進了詠唱此類經驗的新詩的創作。同樣，傳奇的種種形象，在精英的城市社會和風月場①中流傳，逐漸顯得好像是真正可以實現的可能；雖然我們無法確定中唐的情人是否如詩歌和小說中所描繪的那樣感受如此激情、擁有如此經歷，但我們知道其他人——不是那些情人們——對此真是這麼確信的。

浪漫傳奇的問題是「情人結合之後，從此幸福快樂」（「happily ever after」）這一部分。情人關係的建構——在浪漫傳奇的敍事之中，可能也在浪漫文化之中——最初與浪漫傳奇的建構本是一致的；也就是說，情人們以及支援他們的那些人設計愛情關係，以與浪漫傳奇作者同樣的方式具體策劃種種情節。但是，浪漫愛情本身是一種自由的抉擇，選擇進入一種永久的幸福狀態，而文學敍述則與之相反，必須有終結，因而可能會限制自由、打破幸福的狀態。

這裡我們回到邊界問題，即那種封閉和保有空間的力量。詩人之所以能夠創造一個受到保護的、私人的、家庭的空間，就在於他確認它微小而多餘。浪漫傳奇則試圖將一個更爲嚴肅的領域劃爲私人空間，因此，它與社會整體的重要利益就會發生衝突。這時，空間的界線

① 「風月場」（demimonde）一詞的運用需要一些解說。我用它來指通常是藝人或具有商人背景（社會地位低於文化精英階層）的女性世界，她們與男性有較爲自由的接觸。如果情感進一步發展，這些女性一般可以被納爲侍妾。這一辭彙指向一個灰色地帶，介乎妓女和體面受到保護的上層家庭之間。

往往就會被打破，外邊的世界侵入並影響到傳奇的主人公①。

自由選擇和約束之間的平衡，在傳奇敍述之中扮演了重要的角色，恰如它在一切中唐時代對自主領域的再現中一樣。情人們激情的內在約束力，和家庭、國家或外部環境的外在約束力，都能在傳奇中得到直接的再現；獨立自主不過是這些彼此衝突的強制之間的爭執區域而已。然而，有一種外在強制的約束形式，必得受到抑制，傳奇才能得以成立。這一特殊的外在約束的影跡，依然不斷侵入傳奇的敍事表現之中。這即是經濟的強制性，這一社會性因素使得浪漫傳奇的發生之所「風月場」得以存在。在許多浪漫傳奇中，否定女性在與男性的關係中有任何經濟約束，是一個關鍵的情節因素：霍小玉用的是自己的錢；李娃斷絕了與鴇母的關係，耗盡了自己的積蓄；王氏則從陰間出來夜候李章武。在每一種虛構情況裡，對男女間關係的再現，都超越了女方對男方經濟上的依賴性。

這一特殊的情節因素，提示我們注意到虛構的浪漫傳奇與風月場的社會現實——它是虛構的傳奇所指涉的背景——之間的差別。風月場中的關係是由金錢交易支援的。女性方面的情愛顯示，總是因爲雙方交往的經濟性質或者雙方權力的不平等而受到質疑。打破幸福情愛面紗

---

① 情人結合之後「從此幸福快樂」的浪漫傳奇，通常需要仙女而不是凡間女子做主角。爲了獲得世俗的「從此幸福快樂」，唐傳奇〈李娃傳〉必須想方設法把舊日的妓女容納進家庭和國家的系統之中。

的經濟約束力，在〈李娃傳〉的前半部分得到強有力的顯示：鴇母強迫李娃一旦年輕人錢財耗盡後，就與他斷絕關係。關於情愛（在李娃的情況裡，是一種是非感）可以超越經濟依附而存在的幻想，在浪漫傳奇文化中具有重要的結構作用，它確保相互之間的自由選擇，而這一點正是浪漫傳奇文化所依據的理想，並使之區別於純粹的性交易①。

還得注意浪漫傳奇壓抑了對年輕男子經濟依附地位的表現（雖然這點在〈李娃傳〉中也有鮮明體現，在〈任氏傳〉裡面則以一種公開而複雜的方式表現出來）。〈李娃傳〉和〈霍小玉傳〉裡面的年輕人帶著一定的資財來到都城，這可以支援到他通過科舉考試獲得自立。男性獨立和具有經濟力量的幻象，對進入浪漫關係是必需的。這是中唐對身分和領屬權的關懷的一個變調：就如一塊被占有的土地那樣，獨立自主是由一個人自由支配自己的能力來證明的。

這種超越了經濟依賴的自由選擇的關係，意味著一種深刻的覺悟，即經濟依賴對情感的影響。這些唐代小說表現的不是風月場的社會現實；它們表現的是體現在小說之中的風月場文化——這些小說是由它最深層的關切激發出來的。這裡，我們有了一個簡單而有力的例子：

---

① 李娃在道德責任而非情愛的支配下行動，這一點對於她與年輕書生的關係最終得到認可、爲家庭和國家所接受，是非常關鍵的。

小說再現的不是社會現實，它再現的是一個社會所關心的問題。

這些文學文本是男性創作的：這些小說顯然是針對男性焦慮的，他們對女性的真情心懷關切，感覺在既定的社會和經濟不平等情形下，那情感或許是可疑的。與婚姻關係——其中女性地位是制度性的而不是由情感確定的——不同的是，浪漫傳奇文化基於對持續的自由選擇的想像之上。一個通常的情節是，一位歌女愛上了一位士人，而後者不得不離去，歌女以這樣或那樣的方式顯示了她情感投入之堅定，儘管情人之間僅有很短時間的相處。在對這一堅持的考驗之中，條件和局限性是關鍵性的：變心、錢財耗盡、出賣背叛、瀕臨死亡、由於更有權勢的人——諸如父親，或覬覦所愛對象的有勢力的競爭者——介入而關係破裂。

我們不知道，浪漫傳奇小說的讀者是否都是或主要是男性①。這些小說體現了男性的利益，這並不排斥它們也體現了風月場中女性利益的可能。一位男性情人的堅定忠誠，是脫身風月場的一種現實途徑，也是在象徵的意義上脫離風月場的一種方式。確認一個人的身體不

① 唐代風月場中女性是否識字的問題，無論就普遍性還是程度而言，或許都是一個難以回答的問題。然而，就中唐浪漫傳奇文化中女性的參與這一問題，可以做出若干點觀察：首先，如薛濤、李季蘭（還有魚玄機，如果我們將她視爲風月場人物的話）這些風月女性是識字的，我們有她們的詩作爲證；其次，小說和詩歌中，往往設定妓女是識字的；最後，我們知道許多文言浪漫傳奇有歌行版本，顯然不用閱讀就可以聽懂它們，而這些同樣的故事肯定是口頭重述的。

是迫於需要而出賣的物品，其方式就是對超越經濟依賴的選擇所做的想像。

中唐浪漫傳奇文化中的小說，在一些重要方面與早期情色敍事文學不同。早期唐代小說如〈遊仙窟〉包含了許多小說的核心套式，這些套式都環繞著一個問題：對擴展的情色關係加以限制。一個或更多的年輕人遇到一個或更多的年輕女子，通常在某些陌生的或邊緣的空間——洞窟或墳場，所有這些都轉化爲一個豪奢的居所。年輕人被扣留，一時意亂神迷。如果過後他逃離囚禁，那女子便是神女，而他會悲哀傷懷。如果他沒有逃脫，女子便成了野獸，必得除掉爲快。這些情形遠遠不能窮盡這個簡單故事的無數變調。

這個簡單故事的各種版本，幾乎總是將所愛的對象描繪成一個神女或者原先是一動物（最常見的是狐狸），而非人間風月場上的人物。這樣的故事是對未得到認可的兩性關係的比喻性敍述；這些故事代表了哪一個性別的利益是沒有任何曖昧之處的——它們是純粹的男性小說。擁有充裕錢財——轉化爲充裕時間——的年輕人耗費了自己的資財（耗盡自己的時日），最後則感到自己毀了自己，因爲消耗得太多，或者希望自己還有更多的資財可以揮霍。

儘管繼續有這樣簡單的情色故事創作出來，但八世紀末和九世紀初著名的傳奇作品，則以重要和有趣的方式，改變了這一核心故事。在這些傳奇故事的深層，到處充溢著經濟的約束力和金錢依賴，但表層的敍述則成了自由選擇和不同約束力的舞臺。〈任氏傳〉是此一轉變的極好例子，故事中的狐女成了風月場中最富於人性的女子，捲入一場複雜的金錢依賴關係之中，她試圖與有勢力的資助者清賬，爲自己的情人提供經濟獨立；情人之贏得她的心，是因爲他把她當成一個有選擇自由的人而非異類看待。隨著浪漫小說將主要的關注放在女子的自由選擇上，對男子的表現，也就相應發生了變化：男性的持久不變便成了一種積極的價值，成了一個問題。無情的背叛者，進入了浪漫敍述的常見類型之中。

〈霍小玉傳〉或許可以視爲問題重重的中唐浪漫傳奇的典型範式①。此傳以富於才華的年輕詩人李益到風月場中尋找合意的佳偶開篇，他尋找情人不僅是一種選擇行爲而且是一種挑選行爲（「選擇」在此意味著一種包含了承諾和長時段的根本性選擇行爲，它是一種自由的選擇，而就此限制了一個人做其他選擇的自由）。李益請托了名媒鮑十一娘，她傳話說有一位自足自立的年輕女子正在尋覓一個人才出衆的男子。文中描述了她的家世，與李益恰相匹配——儘管她的社會地位有所下降，使她成爲風月場中的合適對象。這將是一場完美的浪漫傳奇，雙方都經濟獨立，可以做出自由的選擇。鮑十一娘安排李益次日午時在其居處與那年輕女子會面。這中間真有一種喜劇性的因素：李益突然發現不僅是自己在做選擇，而且成了被選擇的對象，他打扮起來，借了馬和馬飾，惴惴不安，不知自己是否能得女子的歡心：「遲

① 〈霍小玉傳〉的英譯，見本書英文版 *The End of Chinese "Middle Ages": Essays in Mid-Tang Literary Culture*（Stanford: Stanford University Press, 1996），p.178-191.

明，巾幘，引鏡自照，惟懼不諧也。」這一階段，李益預想自己在對方眼中的形象，提示我們：〈霍小玉傳〉是浪漫傳奇小說中的少數，即情人相遇之前就已經聽說了對方。更普遍的情形是偶然邂逅所愛的人，儘管這也是在一個更大的尋覓情人的背景之中。男主人公初見情人而爲激情的潮水吞沒的那一刻，呈現了那種作爲內在約束力存在的強烈衝動，它與浪漫故事中的選擇因素構成一種平衡。而〈霍小玉傳〉的開篇場景中，選擇作爲尚未決定的事態被提升到主題的層次。因爲愛人最初的「亮相」——無論男性還是女性——對選擇而言，都是一個決定性的時刻，李益預想並仔細安排了自己的亮相。

被看從而被判斷，從李益到達霍小玉的住處時開始了。首先是鮑十一娘的調笑，將李益的出現當作造次闖入，而如果霍小玉確實是體面尊貴的良家少女，這真可謂是造次了。這一點在出人意料的鸚鵡場景中再現，更加表現了霍小玉處在邊緣地位的良家體面：

> 庭間有四櫻桃樹，西北懸一鸚鵡籠，見生入來，即語曰：「有人入來，急下簾者！」生本性雅淡，心猶疑懼，忽見鳥語，愕然不敢進。

鸚鵡認出李益是一個闖進女性內室的侵入者，他在驚懼中退卻了，好比他突然發現自己置身於另外一種完全不同於浪漫傳奇的敘事，置身於一個依循完全不同法則的社會境況之中。於是，李益不得不由霍小玉的代理人鮑十一娘和她的母親領進屋去。這裡，我們一定會回想起占有領土的關鍵要素之一，就是能夠拒斥他人，從而有權力出於自己的選擇邀約別人進入。李益正在進入一個屬於女性的空間。

儘管充滿猶豫，李益畢竟進入了霍小玉的宅邸，這確是一個意義重大的侵入行爲。浪漫傳奇文化最重要的方面之一，就是其發生的處所。合乎禮數的婚姻，其核心儀式就是奉接新娘，把她迎入新郎的家，進入其家庭。風月場中的女子，與其非人間的對應者狐狸和女妖等，則在自己的屋子裡接待男人，即使維持的費用最終還是來自她們的情人。主、客（「客」是一個常常和新娘子聯繫在一起的字眼）關係的顛倒，是一系列權力倒置的一部分，正是這些權力倒置使得浪漫關係得以進行。我們不妨注意到後來，李益背叛霍小玉後，竭盡全力躲避她，這時候最爲重要的一點就是李益被帶入霍小玉的住處與她重見。雖然在外面他可以任意而行，冷漠無情，而一旦回到她的屋子裡面，他就變得毫無力量了。

李益首次進入宅子，開始文雅有禮的遊戲，它模擬的是外邊世界的社交協商，我們懷疑，這正是風月場中實際進行的性協商的重要部分。它總是以婚姻協商的方式表現，關鍵的差別仍是性愛的發生與其後的同居發生在女方的住處。協商完成了，最後必然是年輕女子的「亮相」，令人炫目的光彩照例征服了男子，讓他無法自控。

（其母）遂命酒饌，即令小玉自堂東閤子中而出。生即拜迎，但覺一室之中，若瓊林玉樹，互相照耀，轉盼精彩射人。

這裡不同尋常的是，這一切完全是事先安排、精心設計、仔細協商的。最初的形象展示，模擬並且預示了小說中後來的身體展示和性快樂。契約式的協商不應該影響到內在的衝動。男子選擇女子，慣常的表現方式是爲之傾倒，與此相反，女子對男子的選擇以言語嘲戲的方式表示出來。第三者的描述——鮑十一娘分別在男女雙方面前大做廣告——在促成男女雙方結合方面起了重要的作用，然而，我們現在卻發現霍小玉也爲李益的詩所吸引，李益的詩句通過外邊的疑似動靜，表現了情人的邊緣化出場：

既而遂坐母側，母謂曰：「汝嘗愛念『開簾風動竹，疑是故人來』。即此十郎詩也。爾終日吟想，何如一見。」

在浪漫背景之中，所謂「故人」即指情人。霍小玉母親有關這兩句詩的言辭，揭示了在事先安排策劃好的相見相遇中浪漫傳奇文化所扮演的角色。詩中的浪漫意象，在霍小玉遇見情人之前，已經抓住了她的想像；她一再誦念這些詩句，想像著它的作者；文本先於性。但是，小玉最喜好的這聯詩，隱約預示了她的命運：長久處於欲望未能實現的期待之中，徒然等待自己舊日情人的歸來。

隨即，這對青年男女戲說「才子」與「佳人」的相會；他們一起飲酒，女子歌唱。如果我們熟知這些乃是通向親暱關係的慣常標誌，就可以明白：床笫之歡的場景必將出現。

> 解羅衣之際，態有餘姸。低幃昵枕，極其歡愛。生自以爲巫山洛浦不過也。

在描述性交的陳詞套語之後，緊接著，霍小玉開始啜泣，契約性的協商又開始了，這次有關兩人關係的期限和穩定性。開始時，我們有一簡單的對稱情節：男子尋求女子，女子尋求男子；男子見到了女子並且有意於她，而女子有意於男子並接受了他；他們上床。協商是一種手段，選擇通過它得以實現，性愛的儀式得到策劃和實行。在性愛發生之後，即刻──霍小玉確實說明了，她的焦慮發生在「極歡之際」，這讓人想起繫於漢武帝名下的〈秋風辭〉，其中，悲哀的念頭也是在極歡之時突現的──便出現了有關期限的新問題，一系列新的協商在兩位主角之間開始了。

霍小玉首先訴諸社會秩序，即兩人之間不相匹配的地位。沒有世俗社會秩序的支援，李益將可以如同選擇小玉那樣自由地拋棄她。早先那篇關於「才子」、「佳人」相應的對話已經包含了時限的問題：才華是長久伴隨一生的，而美貌則有時限。當這一時限到來，李益便會拋棄霍小玉，而她卻不能拋棄他。時限問題出現的時候，最初對於欲望、對應和平等的敍事，暴露了它的真面目：它不是平等的。

或許最有意思的問題就是，李益何以不能簡單地說：「是的，確實如此。」他當然不能承認一段時間之後，他很可能就此拋棄她。儘管我們視之爲理所當然，這一禁忌是浪漫傳奇法則的核心要素。李益在做出永不拋棄霍小玉的誓言之前，他說：「平生志願，今日獲從。」浪漫的選擇行爲，不能像是選擇一隻柚子：它是一個絕對化的個人選擇。儘管因爲濫用，這一言詞已經貶值，以致我們忘記了它的根本意思，它確是一個把自己交付出去的承諾（commitment of oneself）。

如此的「交付」行爲，涉及對價值的過高估計（overvaluing）。我是在形式意義上使用這一術語的，而不是一種個人判斷。情人被賦予了無限的價值，遠遠超過他／她作爲一個社會性的人或性對象的價值。如同機智（wit）一樣，這是在文化價值的交換系統中創造多餘價值。浪漫傳奇主要是一種價值評價的話語，其所估定的價值總是超值的，常常相對於其他具有巨大價值的東西——一個人的生命、社會聲名、產業——體現出來。這些具有巨大價值的東西往往被花費掉，以確認或確保浪漫的情愛。

情人之間——或者一個情人與一個社群成員之間——的話語，常常類似於討價還價。許多浪漫傳奇作品，圍繞著若干事件結構而成，這些事件顯示了價值的相對。正如時限的問題在話語層次抗拒限制，同樣，價值評估的行爲必須超越所有具有社會合理性的價值判定。

機智的園林詩人和情人一樣，都創造出一種詮釋中的多餘價值。當然，其間的差別在於，浪漫的承諾不具有反諷性，它使得一個人承擔其堅持自願而獨特的價值高估的風險。〈洛下卜居〉一詩中，白居易對自己的太湖石和寵鶴表達了類似的承諾，但他第二天仍然可以去官署上班。白居易同樣對獨一無二的承諾話語感到吸引，但那沒什麼問題，因爲僅僅是遊戲而已。浪漫的承諾則試圖在世間社會中建立個人的價值評估，或者如此處所顯示的，以文字再現這樣的個人化價值評估行爲①。

這樣絕對的選擇行爲否定了敍事的可能。這是對「從此幸福快樂」的選擇，超乎時間之外。身處愛河之中的狀態，不允許任何變化發展，除了在程度上。浪漫傳奇小說往往會提到完滿幸福的狀態（但是無法對它做出在時間上不同於其他階段的描述），這種幸福狀態沒有終止時限，恒定不變。只有幸福狀態的中斷才會使我們回到敍事。

---

① 很有必要記住，唐代的上層社會中，浪漫的承諾與社會認可的婚姻關係之間，不是那麼易於協調統一的（而我們在現代世界試圖把二者統一起來）。李益要實現他的承諾，就不得不對抗家族和整個社會觀念；這很可能就此毀了他的前程。

情人做出選擇，其選擇不受制於外在的力量；這也就是說，他們的選擇是獨立自主的選擇的自我折射——也就是說，是對獨立自主所做的選擇。早先，我們討論過對應於中古時代隱逸觀念的私人空間的發展，我希望以下的說法不是那麼可怪：不僅浪漫傳奇文化是私人空間的另一表現形式，而且它是隱逸文化的更完美的對應形式。在公共世界中，事物是變化的；它是可能的；情人們的幸福快樂則被視爲沒有時限的，所以通常把它表現爲神仙境界。與隱士世界和情人獲得的幸福狀態，則是穩定不變、需要承諾的。園林的消遣僅是暫時的，但逸一樣，情人的幸福基於對社會秩序的抗拒；但與隱逸不同，它包容了另一個人，完成了一個最小限度的社會和絕對的自主之間不可能實現的妥協。這在實際的意義上是完全不可能的；但它作爲一種觀念的力量，在傳統中國猶如在其他許多社會中一樣，是極爲巨大的。

回到〈霍小玉傳〉，這也就是李益何以無法說出：「是的，等你變醜了或者成爲負擔，我很可能拋棄你。」說得出這種話的人屬於妓院，不屬於風月場中的浪漫傳奇文化。李益爲回應霍小玉的焦慮，寫下了一份「盟約」，作品沒有告訴我們李益所書盟約的任何具體內容，只是說：「句句懇切，聞之動人。」

此處以及別處的措辭表述，很有意思，它們意味著在李益和霍小玉之間關係的發展中，始終存在一個旁觀見證的公共世界，它完全知曉情人間的親密關係。令人驚訝的是，正是這個旁觀著的公共世界，最終以強力貫徹實行了浪漫文化的規則，指責李益的行徑，並迫使他面對霍小玉生命的最後時刻。以下是霍小玉瀕臨死亡的場景：

遂與生相見，含怒凝視，不復有言。羸質嬌姿，如不勝致。時復掩袂，返顧李生。感物傷人，坐皆欷歔。頃之，有酒肴數十盤，自外而來。一座驚視，遽問其故，悉是豪士之所致也。因遂陳設，相就而坐。

從開始時寢室中的盟約到這一最後時刻，我們本以爲應該是情人間最爲私密的關係，實際上卻得到了公開表現，這一關係的結局甚至還有一場由旁人提供的宴飲作爲見證。旁人常常在故事中現身，做出判斷、參與其中。公衆站在霍小玉這邊，以他們的輿論和行動，支援浪漫的承諾，對抗權威化的社會要求。讀者也被置於同一地位。這些無名的觀衆，在浪漫傳奇內部體現了浪漫傳奇在社會中所起到的作用。現實社會的成員無法過浪漫傳奇的生活，但他們可以要求浪漫傳奇的存在。他們不能爲自己做出如此選擇，但他們可以爲別人做出如此選擇。「選擇」一詞，在這裡指情人的絕對化選擇。耐人尋味的是，不管人們如何宣稱「孝」是傳統中國的基本美德，讀者幾乎不可能把李益對母親的順從視爲美好積極的儒家行爲。這篇傳奇作品顯示出，唐代中國存在著一種浪漫文化的法則，在特定的敍事條件下，它的律令被人們認爲要高於儒家的社會秩序。

從李益在兩人相聚的第一夜於寢室中寫下盟約的那一刻開始，李益和霍小玉就進入了快樂幸福的愛情階段。如同唐代傳奇中通常的情形，大段大段的快樂幸福時光迅速地一掠而過：「自爾婉孌相得，若翡翠之在雲路也；如此二歲，日夜相從。」幸福拒斥敘事，或許也拒斥一切話語。

通過科舉考試，年輕人正式進入公共生活，這在唐代傳奇作品中通常是非常重要的事件：它們在敘事中設定了一個時限。在這一時刻，情人之間的關係或者被合法化，或者（更多的情況下）受到現實世界的威脅，在浪漫的情節之上書寫傳統的社會性情節。這裡，在李益獲得授官即將赴任的宴會之後，我們見到了〈霍小玉傳〉中最不同尋常的時刻之一。霍小玉要求第二次盟約，這次爲他們的關係設定了八年的期限，此後，李益可以不受約束，回到非浪漫的公共世界中，締結能爲社會所認可的婚姻；霍小玉自己則將削髮爲尼。這在浪漫敘事和社會爲一位前程遠大的年輕官員設定的情節之間顯得非常明智的妥協，是不允許發生的。

早先我們有關私人空間的討論，在這裡就很合用了。私人空間所限定的私人區域處於現實世界之中，它既與後者分離又包含其中；就如同在西方，藝術呈現于現實世界之中，又以舞臺作爲框架或者邊界與現實世界相分離。「我的」領地存在於皇帝的領地之中，但依然是屬於我的；「我的」經驗產生在受制於皇帝意念的公共生活之中，但這一時刻仍然屬於我個人。表現私人空間的詩人處理的是小型的物件和封閉的天地，所以他也就可以接受自己快樂的暫時有限：這些天地顯然是供「公暇」消遣享用的。霍小玉所祈求的便是如此一種處於更大的社會決定性世界之中而在有限時段內又可獨立自主的可能性。

我們必須再次提出問題：李益對此何以無法接受？他對霍小玉建議的拒絕，是另一種更爲激烈的詩人所謂的「勿言」——所「勿言」的是針對詩人詮釋溢餘的常識觀點。這裡，我們或許會想起孔稚圭〈北山移文〉中那位中古隱士對山林的背叛。與那位隱士一樣，李益做出了一個絕對的選擇，一種不再更改的狀態，而不是敘事中的一個情節進展。從這一承諾的任何退卻，都是對拒斥時限——這是浪漫的核心——的背叛。但是李益通過了科舉考試，正開始自己的政治生涯，這是社會賦予他的敘事。雖然他不能鬆手，但他的浪漫承諾已然是一種夢幻了。霍小玉要求他接受時限，他必須拒絕，無論結局如何不幸。

面對一個女性，霍小玉，李益必須重申他的浪漫承諾；而面對另一個女性，他的母親，李益必須承擔讓她愉悅的敘事。正如對前一個女子，他不能毀了自己作爲「情人」的角色，李益對另一個女性，也不能毀了作爲「孝子」的角色。這對沒有反諷能力的男子是一場悲劇。「情人」的敘事和「孝子」的敘事是不能調和的（除非他是一位反諷者），因此，李益無法再次面對霍小玉。只要是在她面前，他就不得不再做「情人」。確實，當李益被挾持來面對霍小玉臨死情景的時候，當他在霍小玉死後與她相對的時候，李益都表現出作爲情人的真誠。

誰支撐兩人的關係，誰支付開銷，這個問題總潛伏在故事下面。這裡存在一種擾人的對應。當李益外出爲母親聘定的新娘籌集聘金的時候，霍小玉則花費自己的資財打探李益的音訊。霍小玉的這些花費，與迷戀煙花的男子爲自己所愛的人所耗盡的錢財相對應；與那迷戀煙花的男子一樣，霍小玉也獲得了那些理解風月場中浪漫世界的人們的同情和支援。金錢的花費似乎是價值的證明。對李益而言，豪奢的聘金是社會價值的標誌，是通過婚姻進入名門的代價。而霍小玉的花費，是對價值的私人估定；她耗空了她所擁有的一切，但她所指向的價值超乎社會上一般認同的價值。她的觀衆們對此表示認可；如果他們自己不能建立私人價值系統，他們尊重這種可能性。白居易對他的太湖石和鶴也表示了類似的價值觀，他成功了，因爲這不帶來任何風險。霍小玉迎險而上，失敗了，卻贏得了尊敬。

霍小玉自己的「價值」問題，與她曖昧的社會地位不能分開。在與李益初會的夜晚說出自己的焦慮的時候，霍小玉十分清楚地表示明瞭自己的身分：「妾本倡家。」但她也是唐宗室霍王的女兒，在霍王死後，因爲她母親的微賤身分，而離開了王府；不過她同時分得一份家族的財產，這表明她也得到了家族的承認。霍小玉本人就是浪漫傳奇文化的產兒，她很清楚，這樣的一種關係不能持久，因爲只有社會的承認才能使一種關係延續下去。霍小玉無法進入社會認可的關係，也不願成爲倡家伎人，霍小玉利用從父親那裡繼承來的「價值」自主地行動，自由地處置自己的身體和財產，她明白這兩者都有一定的時限。但李益拒不接受她的時限，因此使霍小玉進退兩難。

霍小玉最後典當父親的禮物紫玉釵，是作品中最著名的事件之一，在這一情節中，多種不同的價值會聚於一處。霍小玉的侍婢將紫玉釵帶到市場，結果被一位老玉工認出，正是這位老玉工許多年前製作了霍王贈予女兒的這一禮物。他從侍婢那裡得知了整個事情，深爲感慨，帶侍婢到了一位公主的宅子，「具言前事」。公主也深受感動，讓侍婢帶錢回去給小玉。在個人過度的價值賦予行爲（耗盡所有錢財以求得顯而易見變了心的情人的消息）和那個對浪漫感興趣並分享其價值的社會群體之間，發生了完美的交叉。霍小玉的故事，作爲小說敘事中的故事，被一再傳講——它流通開來。公主被這個故事打動，拿出錢來，就如同一名聽衆，這樣，故事才能進行下去。

李益「寂不知聞，欲斷其望」，他的沈默、他的小心迴避、他無法面對霍小玉，這些都屬於作品中最令人震動的時刻。同樣異乎尋常的，是儘管所有證據都表明他拋棄了她，甚至她已從別人那裡聽聞了李益的背叛，霍小玉還是困於李益的沈默之中不能自拔。對霍小玉而言，李益必須回轉來說些什麼，或者聽她說些什麼，然後才能有一個了局。李益無法在完美的情人和盡孝的兒子之間做出協調，便試圖從自己的生活中抹去霍小玉，但發現這是不可能的。即使不在視野之中，霍小玉也總是作爲一個需要迴避的對象而存在。李益與朋友們出去的時候，他們會對霍小玉表示同情，批評他。李益無法接受園林的有限私人空間、時間的限定或者使人能夠既投身事中又置身事外的反諷態度，因此他試著建構一種沒有界線限制的關係，以使這一關係與社會生活一起延續下去。他通過言辭、通過發誓來建構這一關係。現在，除非他出現在霍小玉面前，撤回自己的誓言，李益所造成的一切不會就此走開。可他依然無法做出必須的退轉。

霍小玉提出了自己的故事版本，李益拒絕了這一版本，堅持他自己的版本。霍小玉接受了他的說法，此刻，她無法走出李益的故事版本，除非他現身，改變他的說法。所有這一切都成了衆所週知的了。李益對小玉說：我會永遠愛你，等著我，我會派人來接你。這個故事依然如故地懸在那裡，李益卻已經開始對別人講述新的故事，但他卻無法結束那頭一個故事；他不能讓它就那麼懸著。聽衆變得不安靜起來，開始介入故事之中——他們傳遞訊息，評說故事的主角，最終忍不住插手將故事帶入結局。李益喪失了對故事的控制。

最後，黃衫人介入了。他靠欺騙來達到他的目的，對李益說，如果跟他走將有聲樂娛情。李益發現自己被迫回到許久以前由他開場的故事裡面，這個故事他一直都沒有給它一個結局。他的到場使結局成爲可能；他是霍小玉之死必要的見證者。現在，輪到霍小玉來講故事了，這個故事講的是李益的下半生：小玉將化爲復仇的厲鬼。霍小玉沒有讓自己的故事殘缺不完。

我們或許應該注意到霍小玉的鬼魂復仇的特殊性。超自然的因素只在最初是必要的——床幔邊男子的影子，從門戶投入的信物。如果真有鬼魂，它看來知道如何引發已然存在於李益性格和以往生活中的東西。除此之外，就不需再做什麼了。李益開始懷疑自己妻妾的忠誠；他休棄她們、殘殺她們或恐嚇她們。問題總是出在他對她們的感情和慾望進行控制的能力上，這種社會性的控制徒勞地對抗她們的自主性。自由選擇所愛的人的權力，這一浪漫傳奇文化的基礎，成了李益的夢魘。正如他為自己選擇接受社會的約束力，他也試圖強制別人，他的瘋狂是因為他知道自己無法控制他人的感情。所有這一切，都是陰暗的回聲，它迴應著故事的開始，李益焦慮不安地接受了霍小玉出於她自己的自由選擇而交付給他的愛和信賴，這一選擇無關經濟因素的影響。此後，李益生活中的所有女子都住在他的宅子裡，由他供養，可以說他買下了她們。這時，選擇的自主——它是浪漫和忠誠的關鍵所在——成了可疑和危險的了。如果這些女子能夠自由選擇的話，她們或許會選擇別人。這才是真正困擾和毀掉了李益的不散的陰魂。

〈鶯鶯傳〉：牴牾的詮釋

元稹（七七九—八三一）的〈鶯鶯傳〉無疑是唐代最具有問題性的敍事作品。十四世紀，它的俗語改編戲《西廂記》，爲故事加上了一個喜劇的結局，試圖解決〈鶯鶯傳〉所引起的困擾難題。但即使十七世紀著名的批評家金聖歎對該劇所作的周全一致的道德評點，也無法完全控制整個故事。

我們此處的興趣，不是要確定這個傳奇作品究竟是否元稹情事的自傳式記述。這是永遠不會有確鑿的歷史證據來證實的。然而，通過細緻閱讀傳奇本身，我們可以說，如果這一作品是自傳性的，那麼作者將自己塑造成主角張生，是一件非常奇怪的事情。如果這一故事是自傳性的，那麽，元稹或者顯示了表現複雜關係——兼有正誤——的罕見能力，或者就是一味專注於進行自我辯解的極其盲目的嘗試，而這一嘗試則很大地削弱了他努力的目標。

〈鶯鶯傳〉包含了兩種對立的觀點，這兩種觀點都試圖控制整個故事，向對自己有利的方面導出判斷，這在唐代傳奇作品中是獨一無二的。對事情的解釋以及隨著這些解釋而來的判斷，面臨著質疑和考驗。我們試圖做出道德判斷，而以失敗告終，但這一失敗並不意味著這一故事與讀者們試圖賦予的道德判斷一無相關，這個故事企望我們做出道德判斷。最終，爭論成了死結，任何一方都完全不能相信對方的觀點，我們沒有可靠的基礎做出選擇。一方面是傳統的惑魅女子的文化意象，誘引、操縱、裝嗔扮痴以達到其意願；另一方面是浪漫文化的價值觀念，這可以見諸〈霍小玉傳〉。在一個自由協定的浪漫關係中，雙方的榮譽感都面臨挑戰；情人們必得實踐他們的承諾，男子的背叛會招致整個社群的批評。〈鶯鶯傳〉仍具有特殊的力量，能夠引起讀者們針對這一自古以來兩性之爭的這一面或那一面的強烈認同。如果必須的話，就讓我們採取某一面的立場（女性往往支援張生反對鶯鶯，而男性常常支援鶯鶯而反對張生），但我們得記住，當〈鶯鶯傳〉當初寫出的時候，存在著兩種價值觀念，而兩種觀念都很有勢力。

〈鶯鶯傳〉中互相競爭的觀點，產生於中唐時代詮釋話語互相衝突的背景之下。在細瑣的層面上，白居易這位機智的園林詩人，堅持他自己的溢餘詮釋，和他自己引入詩歌的常規觀點之間造成張力。韓愈比近代以來的任何人都更爲好辯，他常常自己批判自己建立起來的立場。孟郊一再以「誰謂」這一修辭來與溫柔敦厚的常規意見爭論。柳宗元興致勃勃地爲永州野外的小石城山做出了種種解釋，只爲了最後否定它們。但看來更爲困難的是對〈鶯鶯傳〉

做出判斷，這裡，詮釋的衝突不是那麼容易控制的。這或許不是作者有意如此，但文學史可以證明，在一個時代裡被啓動的問題，如何常常壓倒了作者最熱切的尋求一個簡單解決答案的努力。

〈鶯鶯傳〉的開篇和結尾，都由年輕的張生試圖向朋友們辯說自己行爲的合理性①。這一結構框架，建構了故事中的內在聽衆，最後，敍述者向這一聽衆敍說張生和鶯鶯的情事，並呼籲這一聽衆做出道德判斷：

> 貞元（七八五—八〇四）中，有張生者，性溫茂，美風容。內秉堅孤，非禮不可入。或朋從遊宴，擾雜其間。他人皆洶洶拳拳，若將不及，張生容順而已，終不能亂。以是年二十三，未嘗近女色。知者詰之，謝而言曰：「登徒子，非好色者；是有凶行。余真好色者，而適不我值。何以言之？大凡物之尤者，未嘗不留連於心，是知其非忘情者也。」詰者識之。

① 〈鶯鶯傳〉的英譯，見本書英文版 *The End of Chinese "Middle Ages": Essays in Mid-Tang Literary Culture*（Stanford: Stanford University Press, 1996）,p.192-204.

開篇的這則訓示性的逸聞和結尾的道德判斷，引導出一種解讀：這是一個有關道德「成長」的故事。經過了微小的墮落和隨後的悔悟，年輕人成長了，從自己的錯誤裡面汲取了教訓。如果講述這樣一個故事，我們可以從開篇張生宣稱他對「物之尤者」心有所感開始，與他後來對「尤物」之危險——在此語彙後面是儒家對男性權勢喪失的深重憂懼——的覺悟相比照。

在作品的文本裡面，確實有這麼一種聲音，試圖給出如此令人生厭的解讀；但這種聲音沒有控制整個敘事。鶯鶯太過動人，有時也太過脆弱，因而不能僅僅化約成張生道德教育的敘事工具。我們或可試圖來挽救這樣的一種解讀，提出〈鶯鶯傳〉與那些次要的傳奇作品不同，後者對「尤物」的刻畫膚淺而隔膜，〈鶯鶯傳〉則爲我們提供了對「尤物」的豐滿表現，展示了其性格的強大力量——這使尤物如此動人，因而也如此危險。而因爲對尤物的表現如此豐滿，我們便不再能夠順當地從中「汲取教訓」了，它誘惑我們，開始控制整個作品文本。如同彌爾頓（Milton）的撒旦（Satan），如果我們要堅持那種維護公共道德的解讀，我們便不得不面對另一種危險選擇所具有的吸引力，會發現我們自身存在一種強有力的部分，它會做出對抗公共道德的選擇。

對於私欲的產生和力量的完美呈現，撼動了將〈鶯鶯傳〉作爲儒家道德成長故事的讀解。故事中還蘊涵著另一種讀解；這一讀解來自當時的浪漫文化——〈霍小玉傳〉就體現了這一浪漫文化。與〈霍小玉傳〉中介入故事的聽衆一樣，張生的朋友看來傾向於這一浪漫文化的讀解。在這樣的一種故事讀解版本中，一位年輕男子遇到了一位年輕女子，她既具激情又專一投入，出於自己的自由意志獻身於對方。這樣的一種關係得到高度的價值肯定，因爲它基於情感而不是社會責任。年輕男子卻無法理解、欣賞如此純粹的承諾，出於考慮自己政治前途的自私動機，張生輕易地拋棄了鶯鶯，置之度外。

不幸的是，這一讀解與儒家道德的讀解一樣，受到了很大的削弱。鶯鶯的激情之戲劇化無法視而不見。鶯鶯是一位上演了一齣浪漫激情戲的女子，對自我形象有強烈的自覺意識。與霍小玉不同，鶯鶯可以成爲一位合法妻子，她也很清楚這一點。社會動機的不明，使鶯鶯的激情獻身令人疑惑。故事的結尾，浪漫理想被完全顛覆了：鶯鶯誓言至死不渝，可是在張生拋棄她一年後另嫁他人。

在〈鶯鶯傳〉中，我們看到了兩種不同的社會價值觀念的衝突，它們都試圖以自己的方式構成對故事敍述的詮釋。然而，它們都成功地削弱了對方，我們因此面對的是一個呈現了可信人性的故事，而不是規範的、由單一價值符號主控的文本。現代的讀者仍將會爲這一種或那一種詮釋熱烈爭執，這本身即是很有意義的。難以想像，對〈霍小玉傳〉或其他任何唐代傳奇作品背後的價值觀點，會有爭議。〈鶯鶯傳〉是中唐時代的果實，在那個世界裡面，價值觀念和意義都被動搖了。

這一動搖的過程在故事中很早就開始了。上面引及的段落，呈現給我們德行和放蕩之間簡單的對立。這是其中援引到的〈登徒子好色賦〉的典型範式。在那篇賦作中，登徒子指責辭人宋玉「好色」；宋玉回應說他並不好色，因爲他的東鄰——世上最美麗的女子之一——窺視了他三年，而他始終沒有屈服於她的魅力。接著，宋玉指出登徒子深深惑溺於他醜陋的妻子，乃至生了五個孩子；宋玉最後問道：兩人之間究竟是誰好色？張生向朋友的自我辯解中，提出了頗具問題性的第三種概念：他宣稱是「真好色者」，這「真好色者」是在等待「物之尤者」。張生將自己置於宋玉——他歡迎美麗東鄰的挑逗——的地位，這麼做的時候，他在道德家於放蕩和自我約束之間所做的簡單對立之中，注入了浪漫文化的法則（也就是說，「才子」與「佳人」之間應該發生親密關係）。

雖然按照浪漫法則來說「才子」與「佳人」應該發生親密的兩性關係，但「佳人」從來都不是「才子」的堂表姊妹。張生見到崔母鄭氏的時候，他發現他們之間存在母系方面的血親關係（作品對血親關係表現得非常清楚，排除了這一親戚關係乃是虛假客套的任何可能）①。這一點不僅爲張生接觸崔氏母女提供了合法的基礎，而且鶯鶯作爲異姓的母系表親的事實，引致了合法婚姻的可能性。

① 作品中，鶯鶯的母親有時用原來的鄭姓，有時用夫家的崔姓。

張生在當地的兵亂中爲崔氏母女一家提供了保護，爲了感謝他，鄭氏舉辦了一場宴會，她的孩子們尊張生爲兄長。如果我們傾向於將此文本讀解成作者爲自己行爲的辯護的話，我們可以將這整個部分視作他爲自己進入崔家並與鶯鶯相遇所作的合理辯說。士族家庭處於適婚年齡的女子，是不與年輕男子見面的，以免引起雙方的熾熱激情。張生此時則置身於一個曖昧兩可的地位，他是一位兄長（因此他可以見自己的「妹妹」），又是一位潛在的求婚者。鄭氏安排這一很有問題的宴會出於什麼樣的動機，作品中沒有任何暗示，但鶯鶯顯然以爲這次會面具有潛在的情色性質，因而是不合宜的：

> 次命女曰：「出拜爾兄，爾兄活爾。」久之，辭疾。鄭怒曰：「張兄保爾之命。不然，爾且擄矣。能復遠嫌乎！」久之，乃至。常服睟容，不加新飾。垂鬟接黛，雙臉銷紅而已。顏色豔異，光彩動人。張驚，爲之禮。因坐鄭旁。以鄭之抑而見也，凝睇怨絕，若不勝其體者。問其年紀，鄭曰：「今天子甲子歲之七月，終於貞元庚辰，生年十七矣。」張生稍以詞導之，不對。

在故事的開篇，張生有機會解釋了自己行爲的動機。另一方面，鶯鶯不同尋常的舉動，也需要解釋，但卻沒有。在唐代的世界裡面，有許多東西是確實存在的，但往往沒有得到表現，這包括家庭內部的緊張衝突，比如母親和十來歲的女兒之間的對立關係。這種衝突在故事此處得到表現，是爲了透露隱藏在事物外表之下的情形。

現代的讀者，或許甚至就連唐代的讀者也很快就可以明白，鶯鶯的舉動是一種因爲被迫在潛在的求婚者之前拋頭露面而做出的抗拒。現代讀者會將鶯鶯的舉動視爲或是對母親權威的抗拒，或是因爲她強烈意識到張生是一個潛在的婚姻對象。鶯鶯天真地試圖以常服悴容讓自己顯得毫無吸引力，達到的卻是相反的效果。她撅嘴生氣的樣子使她顯得更加動人。

儒家道德化的詮釋會把鶯鶯視爲「尤物」，並會把她的這一舉動看作警示性的徵兆，體現了鶯鶯的任性難馴，難以預料。浪漫文化的法則，看到的是同樣的情形，但對此做出的詮釋卻會比較積極正面，也就是說，這一場景顯示了鶯鶯的富於激情的性格，和對傳統成規的抗拒。

無論我們如何解釋和評斷鶯鶯的舉動，結果都是必然的：張生因此受「惑」——這一用語強烈表明張生步入了迷途。儘管對於道德家而言，這具有很強烈的負面意義，但這正是年輕男子在浪漫世界中竭力尋求的激情，也正是開篇中張生宣稱他在尋找的那種激情。

這是〈鶯鶯傳〉故事的倫理危機之一，這裡，我們看到兩種不同的求愛敍事混淆一處。在那未曾發生的敍事中，張生向鄭氏求婚，做出安排娶鶯鶯；鶯鶯的侍女紅娘和鶯鶯本人都一再向張生提示這樣的可能。第二種敍事屬於浪漫文化，在這一文化中，愛的激情無視社會的成規，自行其是。作品的最後，當讀到張生的虔信的儒家言說時，我們不應忘卻此時張生有意選擇了浪漫敍事，他做出這一選擇的社會背景中，對此甚至沒有最低的社會接受度——因爲是在他自己的家庭中。〈鶯鶯傳〉之所以成爲唐代傳奇故事中幾乎獨一無二的作品，在於它的浪漫敍事悄悄滲透進具有社會合法性的家庭空間。這一混淆，甚至在他們的性愛遇合地點得到體現——他們有時候在她的住處相會，有時在他的住處相會。張生所知的「崔之姻族」——紅娘提醒過張生這一點——正是那種在協商一場恰當的婚姻時所要交換的訊息。

張生拒絕紅娘求婚建議的原因，主要是爲時遲緩。在一場正當的婚姻儀式中，時間的延緩可以確保排除感情的即刻性以及這種激情對婚姻制度的穩定造成的威脅。訂婚期可以來平衡自由締結的兩性關係所導致的時間問題。從浪漫法則的角度而言，激情的缺乏耐性是真實情感的保證。浪漫之存在，就是基於內在衝動的展現。但是張生內心衝動的火焰卻輕易地被澆滅了，先是由於紅娘的迴避，後是由於鶯鶯的回絕。

正如紅娘對張生正式締結婚約的建議一樣，她對張生如何贏得鶯鶯的建言，與開篇張生所謂完美的浪漫、「真好色」的實現，都是相拒斥的。在紅娘的言辭裡面，沒有任何風月場中協商情事時莊重婉轉的語句。紅娘在談論的是如何誘惑良家少女。紅娘用來表示引誘鶯鶯的「亂」一詞，將張生準備採取的行動與兵變（也是「亂」）——正是戰亂使張生與鶯鶯有了最初的接觸——做了比擬、類同。這裡暗含了男子犯下的根本性道德出軌，而張生對紅娘採取的語彙並沒有表示反對。道德家所謂一個軟弱的好青年迷醉於「尤物」的簡單故事，由此看來，顯然並非如此。

霍小玉爲李益的詩歌所吸引，紅娘則建議張生倚靠一種同樣的策略，以詩歌來引誘鶯鶯。或許，〈鶯鶯傳〉拿張生作幌子爲元稹本人開脫的最有力證據，就是略去了張生給鶯鶯的詩和信，而錄出了鶯鶯自己的詩和信。鶯鶯的詩，實際上包含了稍加改動的李益打動過霍小玉的詩句。一收到鶯鶯的詩，張生便「微喻其旨」。雖然後來我們發現二人的溝通很成問題，但鶯鶯借助於把自己呈現在一個未來的浪漫場景之中傳達了她的訊息。這裡，我們第一次得到暗示：張生不是單獨一人建構出一個浪漫敍事的。問題是未來的情人中究竟哪一位將來講述這整個故事。

在以下的斥責場面裡，第一次出現了話語間的激烈衝突。傳統的浪漫敍事——它漸漸蛻變成一個誘惑敍事——由於崔鶯鶯突然作爲「貞慎」女子的出現而被打破了，她宣講了一通儒家的道德教誨，它似乎足以讓冒犯者羞愧地低頭垂首：

兄之恩，活我之家，厚矣。是以慈母以弱子幼女見托。奈何因不令之婢，致淫逸之詞！始以護人之亂爲義，而終掠亂以求之。是以亂易亂，其去幾何？誠欲寢其詞，則保人之奸，不義。明之於母，則背人之惠，不祥。將寄於婢僕，又懼不得發其真誠。是用托短章，願自陳啓。猶懼兄之見難，是用鄙靡之詞，以求其必至。非禮之動，能不愧心。特願以禮自持，毋及於亂！

我們很難忽略，鶯鶯雄辯指責的絕大部分花在自我辯解上：何以她投給張生那些具有性愛招引意味的詩作。鶯鶯所採取的道德高調體現了很大的權威性，但正如在中唐創作中所常見的情形，潛在的動機削弱了話語的權威。此處較之我們所見的許多其他文本更甚，我們不得不對一種從未想到要作反諷閱讀的話語，作反諷性的讀解。我們要質疑鶯鶯對張生自我辯解式指責的動機，這不僅出自常識。鶯鶯自己也說她採用了一種話語即具有挑逗意味的「春詞」，來實現隱蔽的動機。她在顯見的和隱含的意圖之間製造出裂隙，召喚我們去質疑她的動機。鶯鶯後來造訪張生的臥室，這更肯定了我們的懷疑。很清楚，鶯鶯在指責張生時所扮演的角色，並沒有明白、充分地表現出她真實的情感和意圖。

這裡展開了一片很大的詮釋空間。我們可以說，鶯鶯是青春少女，受困於互相矛盾的衝動之中：她寄出了自己的「春詞」，而後深感羞愧，於是以這篇精心編織的解說來掩飾她原初的衝動。我們可以說，鶯鶯是一個「尤物」，她的詭變正是她魅力的一部分。我們還可以說，鶯鶯是一位浪漫的女主角，道德和激情對她具有同樣的吸引力，而最終她被激情吞沒了。無論我們做何詮釋，話語不再直接表示人物的情感、動機和意圖。

一旦開始，此類對話語權威的撼動就一發不可收。正如鶯鶯自我辯解的道德權威由於她的隱蔽動機而受到削弱，我們也便禁不住要同樣對待故事後面張生對朋友們所做的自我辯說的道德權威性。這或許不是作者有意造成的效果，但他自己在故事中引入了詮釋的力量，而不復能對之加以控制。如果我們考慮及此，對於開篇時張生在遊宴中爲自己的行爲向朋友們所做的自我辯解，我們會有類似的懷疑；我們同樣疑惑鄭氏安排了宴會以使張生迷上已經十七歲尚未訂婚的鶯鶯並向她求婚。鶯鶯作爲「貞慎」女子的一番言辭，以及後來張生忍情以避尤物的話語，其實是共同的價值觀念的表達，但喪失了很多說服力，因爲它們出於純粹的個人動機。

張生向紅娘承認自己欲情的場景，與他和鶯鶯的相會，非常之類似。男子首先採取越軌行動，受到女子的責難而羞愧退卻，而後女子便採取了主動。這樣的一種模式，甚至在〈霍小玉傳〉中顯然沒來由的鸚鵡一幕裡也露有痕迹。

張生受到了責難，喪失希望，甚至看來已經接受這樣的情形。接下來，在一天夜裡，紅娘來到他的臥室，用當初張生潛入鶯鶯西廂時她說的完全一樣的語句說道：「至矣！至矣！」似乎鶯鶯的責難是反常的，而此刻的場景重新拾起了浪漫敍事在彼時失墜的線索。實際上，浪漫敍事已經發生了意味深刻的變化：出現了一個新的敍事者——鶯鶯自己。與張生想寫的誘引（「亂」）故事不同，鶯鶯寫出的是一個更爲古老的、由女性掌控遇合的浪漫故事。鶯鶯扮演的是巫山女神，她造訪楚王於夢中，而後隨心如意地離去：「〔張生〕疑神仙之徒，不謂從人間至矣。」鶯鶯或許與張生同樣爲浪漫敍事所吸引，但她想要修改腳本，自己成爲主角而不是犧牲品。當然，這可謂又一個她是尤物的證據。

不幸的是，鶯鶯並非女神。她是一位出生於有名望家庭的——如果不算豪門的話——青春少女。雖然她或許受到浪漫敍事的吸引，但在社會所接受的婚姻這一較爲平淡的敍事中，鶯鶯的處女貞潔是很重要的商品。她或許可以成功地解釋自己爲什麼偏離軌道投贈張生「春詞」，但決意扮演神女角色則是犯了一個致命的錯誤。現在，她得依賴於張生情感的持續了，並且由於這種依賴所導致的權力不平等，鶯鶯此後對控制局勢的努力便顯得好像是「有心算計」了。必須指出，鶯鶯自己的行爲和有關「春詞」的解釋，已經爲我們把她的言行詮釋爲有心算計開闢了可能性。

鶯鶯比張生具有更多的戲劇性，更善於在某一特定場景中扮演一種角色。她所扮演的角色之豐富與誇張，使得我們無法在她後面找到一個穩定確實的鶯鶯。她是倔強生氣的女兒，是貞慎的典範女子，是神秘的神女。在給張生的信中，她扮演了一位謙卑的妻子，而故事的後半部分，她表現出棄婦的許多側面。儘管作者（或許是無意識地）把張生表現得不堪迴護，但他最後對鶯鶯的指責中有一點或許是有道理的：他談到她的「變化」，以及這種變化帶來的威脅感。鶯鶯的不可預料嚇住了張生。

起先，張生甘心樂意地參與了鶯鶯神話式的性愛劇。當她第一夜離去之後，張生懷疑這是否是一場幻夢，接著發現了鶯鶯留下的痕跡可作她曾來過的證據。而數日之後，當香消淚散之後，張生不再那麼確定了。這時，所有的點滴經驗都表現在未必完成的〈會真詩〉中了。〈鶯鶯傳〉中所發生的事件和它們的各種文字再現——詩歌、信件、解釋，甚至從事件的發生中推擬出來的投射性意象——之間具有一種交錯關涉的關係。鶯鶯在「春詞」中浪漫想像這樣的圖景：花影搖曳，讓她疑心是否情人到來；據此，我們有理由懷疑，鶯鶯之訪張生是在演出她事前已經構想好的浪漫情景。張生寫下〈會真詩〉，接受並參與了鶯鶯版的浪漫敘事（這與張生當初預想的誘引敘事非常不同）之中。只有在收到張生的詩，確認他參與了自己的敘事之後，鶯鶯才肯再與張生幽會。

然而，還有一個重要的問題。〈會真詩〉沒有做完，它也必得處於未完成狀態。在巫山女神的故事以及隨後派生的仙女選擇凡間情人的故事中，最終，世間的男子被拋棄，在無望中等待。在兩人關係的這一階段，張生顯然不願促成如此結局，而儘管這樣的結局對鶯鶯自己擁有權力的想像或許有吸引力，但它與社會制度的法則相衝突，後者要求鶯鶯嫁給張生。

鶯鶯的母親最初讓鶯鶯出場，是爲了刺激張生的欲望，提出求婚，現在則面臨一場災難。簡短而模糊的一節文字掩蓋了許多問題，我們確認的一點只是鶯鶯或她母親希望張生使兩人的關係規範化（「就成之」）。這種時刻，向我們顯示了敘事中的沈默有時可以比言辭更有力。緊接著鶯鶯或其母建議張生與鶯鶯正式結婚之後，作品文本寫到張生前往長安（緣由未明言），數月後回返。要張生正式與鶯鶯結婚的請求（已得到承認的血親關係使兩者的婚姻關係是可行的）表明，婚姻確是一個問題。對此，敘事中的沈默無言有力地說明了張生不打算這麼做。而且，作品所表現的張生自由來去的情況，有力地表明張生現在掌控了整個故事。換句話說，神女可以在夜半時分來到，令男子享有她的垂愛，但我們現在面對的是一個完全不同的故事：男性可以自由如意地遠行又歸來：

> 無何，張生將之長安，先以情諭之。崔氏宛無難詞，然而愁怨之容動人矣。將行之再夕，不復可見，而張生遂西下。數月，復遊於蒲，會於崔氏者又累月。

在張生離去之前不見他，這是鶯鶯最後的勇敢嘗試，以重獲自己對故事的掌控，在這個版本中，鶯鶯是女神，而張生不過是一位卑微祈求的情人而已。鶯鶯的唯一權力就是在她自己選擇的時刻到場或缺席。張生的行爲證明他同樣可以這麼做。接著的一句「張生遂西下（長安）」，再次顯示了敘事中的沈默是多麼有力，也顯示鶯鶯完全喪失了對情況的控制。文本敘事告訴我們她拒絕見張生，但沒有提及張生的反應，只是說他離開了。儘管下文告訴我們，張生迷戀於鶯鶯，但他的浪漫快樂如今按照他提出的條件和他的時間表進行著：「數月，復遊於蒲。」〈霍小玉傳〉中的李益十分無助，他困於兩種衝突的律求之間，以致無法面對霍小玉；而與之形成對照，張生很樂意與鶯鶯幽會，在方便的時候玩浪漫的遊戲。

張生第二次到蒲州，文本突出了鶯鶯的文學和音樂才能，這兩者鶯鶯都不肯盡情向張生展示。這造成了一個拒絕張生進入的私人空間——既然張生現在已經得以接近鶯鶯的身體獲取快樂。無論我們如何解釋這一點，是解釋成試圖重新引起男性慾望的策略也好，還是解釋成試圖重新樹立不受制於張生的身分個性也好，結果可以預期是一樣的：張生「愈惑之」。雖然張生後來將鶯鶯形容成「尤物」，表達出對如果繼續在一起的話將會面臨的後果的恐懼，但顯然這正是張生所期望於鶯鶯的。張生對鶯鶯喪失興趣，就是因爲她顯現出依賴性和軟弱，試圖以負罪感拴住張生。真正的「尤物」應該能夠完全令張生拜倒在裙下；鶯鶯只是暫時扮演了「尤物」而已，就如同她扮演神女。

張生的沉迷，是爲時不永的快樂經驗。緊接著宣告他從迷醉中醒來，敍述者告訴我們張生將去長安赴考。這一次，張生沒有告知鶯鶯自己即將離去；是他在鶯鶯身邊「愁歎」的時候，鶯鶯自己覺察到的。這是一個很有意思的時刻，我們第一次看到張生有了負罪感的痕跡，這負罪感最終將刺激張生做出自我辯解。張生從鶯鶯那裡奪取主導故事的權力之後，負罪感替代了原來的欲望。

鶯鶯感覺到了張生的負罪感，繼而利用了這一點。鶯鶯「怡聲」對張生說，他的背叛是合宜的；接著她對張生的離愁表示關心，因而鼓琴以樂之。隨後是精彩的鼓琴場景：鶯鶯突然中斷演奏，逃離了舞臺。這一音樂場景相當做作地把真情表現爲隱藏在表面之下並最終衝破了表面控制的一種東西。但是，如何解讀在此之前鶯鶯對張生行爲的慰解：

> 始亂之，終棄之，固其宜矣。愚不敢恨。必也君亂之，君終之，君之惠也。則歿身之誓，其有終矣。又何必深感於此行？

我們如何解釋鶯鶯這種顯而易見的感情僞飾（我們知道張生與我們一樣能夠清楚地看出這是種僞飾）？這是鶯鶯扮演一種角色的又一個例子，雖然她這次的角色並不打算令人信服。正如她寫作的「春詞」，這裡鶯鶯再次在表面現象和真實意圖之間創造出了裂隙和倒錯。如果是這樣的話，她的中斷演奏也同樣富於戲劇性。

這時，我們必須記住這是一個男性敍事。作者元稹很可能就是故事中的張生；即使他不是，鑑於故事來自真實發生的事情，那麼張生本人的敍述也是故事的來源。因此，對鶯鶯的再現（representation）是出於某種動機的，甚至鶯鶯的自我再現也是出自某種動機的。故事中的一切都不可信；其中每一再現（representation）的權威性都因爲未曾言宣的動機而受到削弱。故事的敍述者頻頻展現鶯鶯言行背後存在著沒有表達出來的慾望，他等於是在教給讀者一種詮釋模式，這種詮釋模式可以擴大到整個敘事。如果所有表面的東西都是「假」的，也就是說它們是由隱藏的動機所塑造出來的，那麼這樣的一種再現形式便始終在導引我們回到「假」的基礎——它存在於真實情感或「真」之中：鶯鶯的動機，她渴望擁有張生的愛，顯然是真的，就如同敘述者爲張生開脫的意願是真的一樣。但無論哪種情況，這樣一種自私的真實感情，都不足以完全救贖鶯鶯和張生。

這些關於再現和動機的問題，在信件的部分得到了有力的展示。鶯鶯的信是唐代修辭技巧的完美典範，感情、修辭和優雅的恭敬在其中達到了精妙的平衡。我們可以將此信視爲鶯鶯情感的純真表達，我們也可以將此信視爲一次富於心計的以負罪感留住張生的嘗試。但我們現在應該已經學會了檢視敘述者的動機，正如我們學會了檢視鶯鶯的動機一樣。我們學會了關注文本中的省略；比如張生給鶯鶯的信，作品中就未見載錄。鶯鶯信中許多內容明顯是在回應張生的信，但因爲張生的信沒有載錄，我們對鶯鶯信的閱讀就很不相同了。略微花些努力，通過閱讀鶯鶯的回應，我們可以重構張生信中所寫的內容。

張生作書「以廣其意」，卻沒有說到他的信必定申明了對她的感情，正如她的信表明了對他的感情一樣。他給她的禮物，正是男子贈予情人的那種；她的禮物不過是對此的回報。現在作品中所表現的她的單方面熱情，實際上帶有平等交換的痕跡。這裡，有些東西受到了壓抑——但壓抑得不那麼徹底。我們不能忽視敘述者的動機留下的蛛絲馬跡，正如我們不能忽視鶯鶯的動機一樣。

爲什麼敍述者說鶯鶯的信只是「粗載於此」？「粗」意味著這裡的書信文本是不完整的，經過了重構的，或者是未完的。書信文本本身決不能稱之爲「粗」，它不是一份概要式的文字，而是得到充分開展的情書，是妻子寫給丈夫的那種信。在這封信裡我們讀出許多鶯鶯的動機和個性，在何種程度上可以承認這是一份經過了重新建構的文本？

在〈鶯鶯傳〉全篇中，我們都可以看到文化角色和真實情感之間的裂隙。文本敍事產生了其他那些同樣包含在中唐文學創作中的東西：強有力而又含混曖昧的「真人」，他們不同於他們所扮演的角色——他們利用那些角色，被那些角色所困，抗拒那些角色。我們不知道世上的人們果真是如何的，但我們可以了解他們是如何被表現出來的。這些「真人」應該占據首要位置，而他們扮演的角色和展現出來的形象則應該是次要的。但在再現（representation）的層面上，「真人」卻是次要的現象，造成這些「真人」的，是文化角色與形象的破裂，是對這些角色和形象進行的反諷性描述，或者，是把這些角色和形象歸結爲被錯置的私人動機。鶯鶯書信的合規有禮與其急切敦促之間的分裂，完美地體現了這樣的一個過程。書信中所扮演的種種角色和它採取的種種策略，提醒讀者「此中有人，呼之欲出」，引導讀者趨向文本背後「那個人」的動機。這封書信讓張生感到負罪，它哄誘張生，最後則展現出一個充滿關懷的妻子的姿態，擔心他是否會受寒，敦促他保重身體。如此建構起來的「那個人」是曖昧不定的，可以適應許多種詮釋：她或許是一個絕望的年輕女子，掙扎在愛恨糾結之間；她或許天性喜歡算計和操縱他人；她或許是危險的「尤物」，她的善變不可理喻。但無論她是怎樣的人，她顯然不是透明的，她和她的言語並不一致。

她告訴張生要「慎言自保」。這原本是書信中常見的客套話，但隨即居然成爲現實的預兆。因爲緊接著，作品文本就告訴我們張生將此信在朋友們中間傳閱，他們的戀愛事件變得廣爲人知。在世界文學中，這如果不是一個有意的精彩反諷，就是敍述盲點的極好例子。如果記得〈霍小玉傳〉，我們就會注意到，張生與李益一樣，締結了一場情緣，而後又背叛了自己的情人。此外，張生的情人完全可以成爲他的合法妻子，也沒有任何跡象顯示張生別有婚約。洩露他們之間的戀情，使張生面對李益所不得不承受的那種批評。張生朋友們的詩中，對此事的反應，強烈暗示了大家對鶯鶯的同情——儘管敍述者以詳盡的解釋，花費了很大的氣力向我們宣告公衆輿論最終轉到了張生這一邊。

故事的這一段，讓我們對唐代公衆與私人之間的界限產生疑惑。我們或許記得故事開始的時候，張生的朋友們沉湎縱酒淫樂的時候，張生的潔身自持（唐代有歌伎參與的派對中，性愛是半公開的，情人們常常成雙成對醉入花叢）。張生早先的行爲受到過詰問，而現在傳閱鶯鶯的信，公開他的情事，張生證實了自己當初的宣言，也向朋友們證明了自己的男子氣概。這場情事令人「聳異」，而張生洩露此事，便將故事置於一個再現的世界（a world of representations）之中——許多唐代傳奇作品後面的那個由流言、詩歌、故事和月旦品評所構成的世界。然而，張生似乎不太明白在派對上花錢買來的性愛和玷污自己表妹這兩者之間有何區別。他也並不顧慮鶯鶯會面臨的後果。鶯鶯由浪漫文化的法則贏得了顯而易見的同情，針對於此，張生必須爲自己的背叛做出合理的辯護。

最後可以完成他「未畢」的〈會真詩〉了。中唐時代，以詩歌（無論是絕句還是長篇歌行）傳寫浪漫故事，非常流行，從楊貴妃到李娃以及許多其他的故事，包括鶯鶯的故事。散文化敍事常常可以對人的所作所爲進行複雜而精細的描述；而詩歌雖然自有許多優點，卻將這些複雜之處抹平，把它們變成被單純化的角色。白居易在〈長恨歌〉中就沒有告訴讀者〈長恨歌傳〉中提及的楊貴妃本是玄宗兒媳的事實。楊巨源的絕句與此類似：鶯鶯書信的複雜性被簡化成「腸斷」兩個字。

當它置身於這樣一篇表現了複雜人性的故事之中，詩歌甚至比通常表現得更差些。元稹所「續」的〈會真詩〉，精細描繪了神女降臨的神話，隨後是無可避免的分離和相思，以及對神女遺跡表示出來的繾綣多情。我們不妨注意對他們的分離，詩是如何進行了一番「富於詩意」的加工和變形的：

方喜千年會，俄聞五夜窮。

留連時有限，繾綣意難終。
慢臉含愁態，芳詞誓素衷。
贈環明運合，留結表心同。
啼粉流清鏡，殘燈遠暗蟲。
華光猶冉冉，旭日漸曈曈。
乘鶩還歸洛，吹簫亦上嵩。
衣香猶染麝，枕膩尚殘紅。
冪冪臨塘草，飄飄思渚蓬。
素琴鳴怨鶴，清漢望歸鴻。
海闊誠難渡，天高不易衝。
行雲無定所，蕭史①在樓中。

詩歌把「白頭偕老」的問題整個排除在二人關係之外，對造成他們分手的個人選擇也沒有做出任何暗示。詩歌將張生和鶯鶯困在一個他們無法逃脫的古老情節裡面。在詩歌中兩人的愛

① 蕭史是秦穆公的女婿，他最後和妻子一起跨鳳升天。

完全是平等的。但對於整個故事最有意味的變形在結尾處，張生被刻畫成善吹簫者蕭史，仍然在等待著自己的情人，而鶯鶯被描述爲神女，拋開情人，一去無蹤①。

散文化敍事和詩歌記敍差異如此之大，我們要疑惑這除了表達出極大的諷刺性之外，還能起到什麼修辭效果。有證據表明元稹就是故事中的張生，但是我們還是不由得感到奇怪：這怎麼可能？如果說元稹不是張生，那麼這就是作者有意爲之的毫不留情的諷刺；如果元稹就是張生，這便是不帶諷刺的《我的上一任公爵夫人》（「My last Duchess」）。

「張之友聞之者，莫不聳異之，然而張志亦絕矣。」小小的一個「然」字，包含著豐富的被壓抑的訊息。它告訴我們，張生的朋友們認爲張生做錯了，他們認爲他應該娶鶯鶯。〈霍小玉傳〉中如此強有力的浪漫文化法則，在〈鶯鶯傳〉的背景中也是非常強大的。從張生感到爲自己辯護的需要，從他必須援引「尤物害人」的傳統觀點來說服自己的朋友，我們可以看到被壓抑的公衆輿論裁決。張生的朋友們這一論點的反應是「深歎」。這「深歎」或許意味著贊同，但這是一種特別的贊同。顯然，這種潛在具有曖昧性質的反應是不夠的，人們對張生的行爲不做出更明確的贊同表示，敍述者是不會就此結束故事的。

或許唯一挽救張生聲譽的方法，就是把鶯鶯拉出懷想的沉鬱之中，讓她嫁人。這將有效

① 蕭史也可能代表了鶯鶯的丈夫。

地終結懸在張生頭上的霍小玉式浪漫情節。鶯鶯曾以華美的文采寫道：

如或達士略情，捨小從大，以先配爲醜行，以要盟爲可欺，則當骨化形銷，丹誠不泯。因風委露，猶託清塵。存沒之誠，言盡於此。

與鶯鶯動人的申言不同，我們讀到：「後歲餘，崔已委身於人；張亦有所娶。」鶯鶯的結婚，不僅使我們脫離了浪漫世界，它還將浪漫情事框定爲現實世界中一段短暫的越軌而已。

張生經過鶯鶯與丈夫所住的地方，他停留下來造訪鶯鶯。經過了所有的事情，在鶯鶯結婚後，他爲什麼還要想與她見面？事情不是那麼天真單純的：張生「因其夫言於崔，求以外兄見」。需要明確說出張生見鶯鶯的前提條件——「以外兄見」——敍述者也就承認了這其中有問題，承認如果鶯鶯的丈夫知曉他們兩人更深的隱然不現的關係，他就絕不會允許會面的發生。鶯鶯不知就裡的丈夫傳告鶯鶯說外兄想見她，鶯鶯拒絕了；而張生竟感到怨惱！鶯鶯知道後，在一時軟弱中賦詩一絕，暗示她依然心儀張生。最後，她又寫了一首絕句，這首絕句在把張生從他們的關係中釋放出來是必須的，它除去了懸在張生頭上的霍小玉式詛咒：

還將舊時意，憐取眼前人。

這時，張生終於贏得了他所尋求的衆人的原諒：「時人多許張爲善補過者。予嘗於朋會之中，往往及此意者。夫使知者不爲，爲之者不惑。」

〈鶯鶯傳〉充滿了種種詮釋：既有涉及道德判斷的詮釋，諸如上述的男性社群的最終判斷，也有那些超越了道德判斷的詮釋，諸如神女的浪漫故事。然而，從作品的中間部分開始，只有涉及道德判斷的詮釋依然在起作用。張生竭力在所發生的事情上打上自己的印跡，無論張生究竟是否即是元稹，毫無疑問，張生在某種程度上控制了構成故事的情節因素。

何以現代的讀者——他們很樂意將絕大多數唐代傳奇作品視爲虛構——對把張生鎖定爲〈鶯鶯傳〉作者本人如此興味盎然？元稹，作爲作者，特意將自己與張生做了區分：「稹特與張厚，因徵其詞。」讀者對作品作自傳式詮釋的衝動，或許是因爲故事講述得非常之好，讓人懷疑其中隱藏了個人的利益和動機。這是一個令人感到困擾的故事，與唐代的其他所有作品都不一樣。與那些虛構創作或由流言修飾成篇的作品相比較，這一敍述文本從來不會在張生的視野之外，假裝明瞭鶯鶯的所思或所爲。

我們永遠也無法確認元稹是否就是真正的張生。我們甚至無法確定是否真有一位張生和一位鶯鶯構成了整個故事——儘管我們確實知道，這個故事當時很流行，不是元稹憑空創造出來的。如果元稹不是張生，那麽他就是一位諷刺大師，把握著兩種對立的價值觀，同時卻又破解它們。這樣的一個元稹，對於傳統道德觀念和假裝與之對立的虛假浪漫形象進行無情的剖析，在這一方面他當得起與福樓拜（Flaubert）齊肩並立。然而，如果元稹就是張生，那麼他的自我辯護正好說明他完全不知道自己向讀者揭示了什麼。這第二個版本並不是沒有說服力的：如果一個人過分努力用一種詮釋壓倒所有其他詮釋，反而會使那些他不願別人想到的因素變得更加有力和凸出。一個人完全可以講述一個故事，和他自以爲在講述的故事截然不同。如果我們認爲元稹就是故事中的張生，那麼他非常大聲地告訴我們，所有人都同意他的觀點，即鶯鶯是一個危險的「尤物」，他很幸運地從她的掌控中逃脫了。但是，我們沒有任何理由相信這樣的宣言，如果他總是如此小心地將自己與那個小說人物區分開來：「稹特與張厚，因徵其詞。」

附錄

後園居詩（九首之三）

趙　翼

有客忽叩門，來送潤筆需。
乞我做墓誌，要我工爲諛。
言政必龔黃，言學必程朱。
吾聊以爲戲，如其意所須，
補綴成一篇，居然君子徒。
核諸其素行，十鈞無一銖。
此文倘傳後，孰能辨賢愚？
或且引爲據，竟入史冊摹。
乃知青史上，大半亦屬誣。

霍小玉傳

蔣　防

大曆中，隴西李生名益，年二十，以進士擢第。其明年，拔萃，俟試於天官。夏六月，至長安，舍於新昌里。生門族清華，少有才思，麗詞嘉句，時謂無雙；先達丈人，翕然推伏。每自矜風調，思得佳偶，博求名妓，久而未諧。長安有媒鮑十一娘者，故薛駙馬家青衣也；折券從良十餘年矣。性便辟，巧言語，豪家戚里，無不經過，追風挾策，推爲渠帥。當受生誠託厚賂，意頗德之。經數月，李方閒居舍之南亭；申未間，忽聞叩門甚急，云是鮑十一娘至。攝衣從之，迎問曰：「鮑卿今日何故忽然而來？」鮑笑曰：「蘇姑子作好夢也未？有一仙人，謫在下界，不邀財貨，但慕風流。如此色目，共十郎相當矣。」生聞之驚躍，神飛體輕，引鮑手且拜且謝曰：「一生作奴，死亦不憚。」因問其名居。鮑具說曰：「故霍王小女，字小玉，王甚愛之。母曰淨持。淨持，即王之寵婢也。王之初薨，諸弟兄以其出自賤庶，不甚收錄。因分與資財，遣居於外，易姓爲鄭氏，人亦不知其王女。姿質穠豔，一生未見，高情逸態，事事過人，音樂詩書，無不通解。昨遣某求一好兒郎格調相稱者。某具說十郎。他亦知有李十郎名字，非常歡愜。住在勝業坊古寺曲，甫上車門宅是也。已與他作期約。明日午時，但至曲頭覓桂子，即得矣。」鮑既去，生便備行計。遂令家僮秋鴻，於從兄京兆參軍尚公處假青驪駒，黃金勒。其夕，生澣衣沐浴，修飾容儀，喜躍交併，通夕不寐。遲明，巾幘，引鏡自照，惟懼不諧也。徘徊之間，至於亭午。遂命駕疾驅，直抵勝業。至約之所，果見青衣立候，迎問曰：「莫是李十郎否？」即下馬，令牽入屋底，急急鎖門。見鮑果從內出來，遙笑曰：「何等兒郎，造次入此？」生調誚未畢，引入中門。庭間有四櫻桃樹；西北懸一鸚鵡籠，見生入來，即語曰：「有人入來，急下簾者！」生本性雅淡，心猶疑懼，忽見鳥語，愕然不敢進。逡巡，鮑引淨持下階相迎，延入對坐。年可四十餘，綽約多姿，談笑甚媚。因謂生曰：「素聞十郎才調風流，今又見容儀雅秀，名下固無虛士。某有一女子，雖拙教訓，顏色不至醜陋，得配君子，頗爲相宜。頻見鮑十一娘說意旨，今亦便令承奉箕箒。」生謝曰：「鄙拙庸愚，不意顧盼，倘垂採錄，生死爲榮。」遂命酒饌，即令小玉自堂東閤子中而出。生即拜迎。但覺一室之中，若瓊林玉樹，互相照耀，轉盼精彩射人。既而遂坐母側，母謂曰：「汝嘗愛念『開簾風動竹，疑是故人來』。即此十郎詩也。爾終日吟想，何如一見。」玉乃低鬟微笑，細語曰：「見面不如聞名。才子豈能無貌？」生遂連起拜曰：「小娘子愛才，鄙夫重色。兩好相映，才貌相兼。」母女相顧而笑，遂舉酒數巡。生起，請玉唱歌。初不肯，母固強之。發聲清亮，曲度精奇。酒闌，及暝，鮑引生就西院憩息。閑庭邃宇，簾幕甚華。鮑令侍兒桂子、浣沙與生脫靴解帶。須臾，玉至，言敘溫和，辭氣宛媚。解羅衣之際，態有餘妍，低幃昵枕，極其歡愛。生自以為巫山洛浦不過也。中宵之夜，玉忽流涕觀生曰：「妾本倡家，自知非匹。今以色愛，托其仁賢。但慮一旦色衰，恩移情替，使女蘿無托，秋扇見捐。極歡之際，不覺悲至。」生聞之，不勝感歎。乃引臂替枕，徐謂玉曰：「平生志願，今日獲從，粉骨碎身，誓不相捨。夫人何發此言！請以素縑？著之盟約。」玉因收淚，命侍兒櫻桃褰幄執燭，授生筆研。玉管弦之暇，雅好詩書，筐箱筆研，皆王家之舊物。遂取繡囊，出越姬烏絲欄素縑三尺以授生。生素多才思，援筆成章，引諭山河，指誠日月，句句懇切，聞之動人。染畢，命藏於寶篋之內。自爾婉孌相得，若翡翠之在雲路也。如此二歲，日夜相從。其後年春，生以書判拔萃登科，授鄭縣主簿。至四月，將之官，便拜慶於東洛。長安親戚，多就筵餞。時春物尚餘，夏景初麗，酒闌賓散，離思縈懷。玉謂生曰：「以君才地名聲，人多景慕，願結婚媾，固亦眾矣。況堂有嚴親，室無冢婦，君之此去，必就佳姻。盟約之言，徒虛語耳。然妾有短願，欲輒指陳。永委君心，復能聽否？」生驚怪曰：「有何罪過，忽發此辭？試說所言，必當敬奉。」玉曰：「妾年始十八，君才二十有二，迨君壯室之秋，猶有八歲。一生歡愛，願畢此期。然後妙選高門，以諧秦晉，亦未為晚。妾便捨棄人事，剪髮披緇，夙昔之願，於此足矣。」生且愧且感，不覺涕流。因謂玉曰：「皎日之誓，死生以之，與卿偕老，猶恐未愜素志，豈敢輒有二三。固請不疑，但端居相待。至八月，必當卻到華州，尋使奉迎，相見非遠。」更數日，生遂訣別東去。到任旬日，求假往東都覲親。未至家日，太夫人已與商量表妹盧氏，言約已定。太夫人素嚴毅，生逡巡不敢辭讓，遂就禮謝，便有近期。盧亦甲族也，嫁女於他門，聘財必以百萬為約，不滿此數，義在不行。生家素貧，事須求貸，便托假故，遠投親知，涉歷江淮，自秋及夏。生自以孤負盟約，大愆回期。寂不知聞，欲斷其望。遙託親故，不遺漏言。玉自生逾期，數訪音信。虛詞詭說，日日不同。博求師巫，遍詢卜筮，懷憂抱恨，周歲有餘，羸臥空閨，遂成沈疾。雖生之書題竟絕，而玉之想望不移，賂遺親知，使通消息。尋求既切，資用屢空，往往私令侍婢潛賣篋中服玩之物，多託於西市寄附鋪侯景先家貨賣。曾令侍婢浣沙將紫玉釵一隻，詣景先家貨之。路逢內作老玉工，見浣沙所執，前來認之曰：「此釵，吾所作也。昔歲霍王小女將欲上鬟，令我作此，酬我萬錢。我嘗不忘。汝是何人，從何而得？」浣沙曰：「我小娘子，即霍王女也。家事破散，失身於人。夫婿昨向東都，更無消息。悒怏成疾，今欲二年。令我賣此，賂遺於人，使求音信。」玉工悽然下泣曰：「貴人男女，失機落節，一至於此。我殘年向盡，見此盛衰，不勝傷感。」遂引至延先公主宅，具言前事。公主亦為之悲歎良久，給錢十二萬焉。時生所定盧氏女在長安，生既畢於聘財，還歸鄭縣。其年臘月，又請假入城就親。潛卜靜居，不令人知。有明經崔允明者，生之中表弟也。性甚長厚，昔歲常與生同歡於鄭氏之室，杯盤笑語，曾不相間。

每得生信，必誠告於玉。玉常以薪蒭衣服，資給於崔。崔頗感之。生既至，崔具以誠告玉。玉恨歎曰：「天下豈有是事乎！」遍請親朋，多方召致。生自以愆期負約，又知玉疾候沉綿，慚恥忍割，終不肯往。晨出暮歸，欲以迴避。玉日夜涕泣，都忘寢食，期一相見，竟無因由。冤憤益深，委頓床枕。自是長安中稍有知者。風流之士，共感玉之多情；豪俠之倫，皆怒生之薄行。時已三月，人多春遊。生與同輩五六人詣崇敬寺翫牡丹花，步於西廊，遞吟詩句。有京兆韋夏卿者，生之密友，時亦同行。謂生曰：「風光甚麗，草木榮華。傷哉鄭卿，銜冤空室！足下終能棄置，實是忍人。丈夫之心，不宜如此。足下宜爲思之！」歎讓之際，忽有一豪士，衣輕黃紵衫，挾朱彈，豐神雋美，衣服輕華，唯有一剪頭胡雛從後，潛行而聽之。俄而前揖生曰：「公非李十郎者乎？某族本山東，姻連外戚。雖乏文藻，心嘗樂賢。仰公聲華，常思覯止。今日幸會，得睹清揚。某之敝居，去此不遠，亦有聲樂，足以娛情。妖姬八九人，駿馬十數匹，唯公所欲。但願一過。」生之儕輩，共聆斯語，更相歎美。因與豪士策馬同行，疾轉數坊，遂至勝業。生以近鄭之所止，意不欲過，便託事故，欲回馬首。豪士曰：「敝居咫尺，忍相棄乎？」乃挽挾其馬，牽引而行。遷延之間，已及鄭曲。生神情恍惚，鞭馬欲回。豪士遽命奴僕數人，抱持而進。疾走推入車門，便令鎖卻，報云：「李十郎至也！」一家驚喜，聲聞於外。先此一夕，玉夢黃衫丈夫抱生來，至席，使玉脫鞋。驚寤而告母。因自解曰：「鞋者，諧也。夫婦再合。脫者，解也。既合而解，亦當永訣。由此徵之，必遂相見，相見之後，當死矣。」凌晨，請母梳妝。母以其久病，心意惑亂，不甚信之。僶勉之間，強爲妝梳。妝梳才畢，而生果至。玉沉綿日久，轉側須人。忽聞生來，欻然自起，更衣而出，恍若有神。遂與生相見，含怒凝視，不復有言。羸質嬌姿，如不勝致，時復掩袂，返顧李生。感物傷人，坐皆欷歔。頃之，有酒肴數十盤，自外而來。一座驚視，遽問其故，悉是豪士之所致也。因遂陳設，相就而坐。玉乃側身轉面，斜視生良久，遂舉杯酒，酹地曰：「我爲女子，薄命如斯。君是丈夫，負心若此。韶顏稚齒，飲恨而終。慈母在堂，不能供養。綺羅弦管，從此永休。徵痛黃泉，皆君所致。李君李君，今當永訣！我死之後，必爲厲鬼，使君妻妾，終日不安！」乃引左手握生臂，擲杯於地，長慟號哭數聲而絕。母乃舉屍，寘於生懷，令喚之，遂不復蘇矣。生爲之縞素，旦夕哭泣甚哀。將葬之夕，生忽見玉繐帷之中，容貌妍麗，宛若平生。著石榴裙，紫褴襠，紅綠帔子。斜身倚帷，手引繡帶，顧謂生曰：「愧君相送，尚有餘情。幽冥之中，能不感歎。」言畢，遂不復見。明日，葬於長安御宿原。生至墓所，盡哀而返。後月餘，就禮於盧氏。傷情感物，鬱鬱不樂。夏五月，與盧氏偕行，歸於鄭縣。至縣旬日，生方與盧氏寢，忽帳外叱叱作聲。生驚視之，則見一男子，年可二十餘，姿狀溫美，藏身暎幔，連招盧氏。生惶遽走起，繞幔數匝，倏然不見。生自此心懷疑惡，猜忌萬端，夫妻之間，無聊生矣。或有親情，曲相勸喻。生意稍解。後旬日，生復自外歸，盧氏方鼓琴於床，忽見自門拋一斑犀鈿花合子，方圓一寸餘，中有輕絹，作同心結，墜於盧氏懷中。生開而視之，見相思子二，叩頭蟲一，發殺觜一，驢駒媚少許。生當時憤怒叫吼，聲如豺虎，引琴撞擊其妻，詰令實告。盧氏亦終不自明。爾後往往暴加捶楚，備諸毒虐，竟訟於公庭而遣之。盧氏既出，生或侍婢媵妾之屬，暫同枕席，便加妒忌。或有因而殺之者。生嘗遊廣陵，得名姬曰營十一娘者，容態潤媚，生甚悅之。每相對坐，嘗謂營曰：「我嘗於某處得某姬，犯某事，我以某法殺之。」日日陳說，欲令懼己，以肅清閨門。出則以浴斛覆營於床，周迴封署，歸必詳視，然後乃開。又畜一短劍，甚利，顧謂侍婢曰：「此信州葛溪鐵，唯斷作罪過頭！」大凡生所見婦人，輒加猜忌，至於三娶，率皆如初焉。

（收錄自《唐人小說》，汪辟疆據《太平廣記》校錄）

鶯鶯傳

元稹

貞元中，有張生者，性溫茂，美風容，內秉堅孤，非禮不可入。或朋從遊宴，擾雜其間，他人皆洶洶拳拳，若將不及，張生容順而已，終不能亂。以是年二十三，未嘗近女色。知者詰之。謝而言曰：「登徒子非好色者，是有凶行。余真好色者，而適不我值。何以言之？大凡物之尤者，未嘗不留連於心，是知其非忘情者也。」詰者識之。無幾何，張生遊於蒲。蒲之東十餘里，有僧舍曰普救寺，張生寓焉。適有崔氏孀婦，將歸長安，路出於蒲，亦止茲寺。崔氏婦，鄭女也。張出於鄭，緒其親，乃異派之從母。是歲，渾瑊薨於蒲。有中人丁文雅，不善於軍，軍人因喪而擾，大掠蒲人。崔氏之家，財產甚厚，多奴僕。旅寓惶駭，不知所托。先是，張與蒲將之黨有善，請吏護之，遂不及於難。十餘日，廉使杜確將天子命以總戎節，令於軍，軍由是戢。鄭厚張之德甚，因飾饌以命張，中堂宴之，復謂張曰：「姨之孤嫠未亡，提攜幼稚。不幸屬師徒大潰，實不保其身。弱子幼女，猶君之生。豈可比常恩哉！今俾以仁兄禮奉見，冀所以報恩也。」命其子曰歡郎，可十餘歲，容甚溫美。次命女：「出拜爾兄，爾兄活爾。」久之，辭疾。鄭怒曰：「張兄保爾之命。不然，爾且擄矣。能復遠嫌乎？」久之，乃至。常服睟容，不加新飾，垂鬟接黛，雙臉銷紅而已。顏色豔異，光輝動人。張驚，爲之禮。因坐鄭旁，以鄭之抑而見也，凝睇怨絕，若不勝其體者。問其年紀。鄭曰：「今天子甲子歲之七月，終於貞元庚辰，生年十七矣。」張生稍以詞導之，不對。終席而罷。張自是惑之，願致其情，無由得也。崔之婢曰紅娘。生私爲之禮者數四，乘間遂道其衷。婢果驚沮，腆然而奔。張生悔之。翌日，婢復至。張生乃羞而謝之，不復云所求矣。婢因謂張曰：「郎之言，所不敢言，亦不敢泄。然而崔之姻族，君所詳也。何不因其德而求娶焉？」張曰：「余始自孩提，性不苟合。或時紈綺閒居，曾莫流盼。不爲當年，終有所蔽。昨日一席間，幾不自持。數日來，行忘止，食忘飽，恐不能逾旦暮，若因媒氏而娶，納采問名，則三數月間，索我於枯魚之肆矣。爾其謂我何？」婢曰：「崔之貞慎自保，雖所尊不可以非語犯之。下人之謀，固難入矣。然而善屬文，往往沉吟章句，怨慕者久之。君試爲喻情詩以亂之。不然，則無由也。」張大喜，立綴春詞二首以授之。是夕，紅娘復至，持彩箋以授張，曰：「崔所命也。」題其篇曰〈明月三五夜〉。其詞曰：「待月西廂下，迎風戶半開。拂牆花影動，疑是玉人來。」張亦微喻其旨。是夕，歲二月旬有四日矣。崔之東有杏花一株，攀援可踰。既望之夕，張因梯其樹而踰焉。達於西廂，則戶半開矣。紅娘寢於床。生因驚之。紅娘駭曰：

「郎何以至？」張因紿之曰：「崔氏之牋召我也，爾爲我告之。」無幾，紅娘復來。連曰：「至矣！至矣！」張生且喜且駭，必謂獲濟。及崔至，則端服嚴容，大數張曰：「兄之恩，活我之家，厚矣。是以慈母以弱子幼女見託。奈何因不令之婢，致淫逸之詞。始以護人之亂爲義，而終掠亂以求之。是以亂易亂，其去幾何？誠欲寢其詞，則保人之奸，不義。明之於母，則背人之惠，不祥。將寄於婢僕，又懼不得發其真誠。是託用短章，願自陳啓。猶懼兄之見難，是用鄙靡之詞，以求其必至。非禮之動，能不愧心。特願以禮自持，無及於亂！」言畢，翻然而逝。張自失者久之。復踰而出，於是絕望。數夕，張生臨軒獨寢，忽有人覺之。驚駭而起，則紅娘斂衾攜枕而至，撫張曰：「至矣至矣！睡何爲哉！」並枕重衾而去。張生拭目危坐久之，猶疑夢寐。然而修謹以俟。俄而紅娘捧崔氏而至。至，則嬌羞融冶，力不能運支體，曩時端莊，不復同矣。是夕，旬有八日也。斜月晶瑩，幽輝半床。張生飄飄然，且疑神仙之徒，不謂從人間至矣。有頃，寺鐘鳴，天將曉。紅娘促去。崔氏嬌啼宛轉，紅娘又捧之而去，終夕無一言。張生辨色而興，自疑曰：「豈其夢邪？」及明，睹妝在臂，香在衣，淚光熒熒然，猶瑩於茵席而已。是後又十餘日，杳不復知。張生賦〈會真詩〉三十韻，未畢，而紅娘適至，因授之，以貽崔氏。自是復容之。朝隱而出，暮隱而入，同安於曩所謂西廂者，幾一月矣。張生常詰鄭氏之情。則曰：「我不可奈何矣。」因欲就成之。無何，張生將之長安，先以情諭之。崔氏宛無難詞，然而愁怨之容動人矣。將行之再夕，不復可見。而張生遂西下。數月，復遊於蒲，會於崔氏者又累月。崔氏甚工刀劄，善屬文。求索再三，終不可見。往往張生自以文挑，亦不甚睹覽。大略崔之出人者，藝必窮極，而貌若不知；言則敏辯，而寡於酬對。待張之意甚厚，然未嘗以詞繼之。時愁豔幽邃，恒若不識，喜慍之容，亦罕形見。異時獨夜操琴，愁弄淒惻。張竊聽之。求之，則終不復鼓矣。以是愈惑之。張生俄以文調及期，又當西去。當去之夕，不復自言其情，愁歎於崔氏之側。崔已陰知將訣矣，恭貌怡聲，徐謂張曰：「始亂之，終棄之，固其宜矣。愚不敢恨。必也君亂之，君終之，君之惠也。則歿身之誓，其有終矣。又何必深感於此行？然而君既不懌，無以奉寧。君常謂我善鼓琴，向時羞顏，所不能及。今且往矣，既君此誠。」因命拂琴，鼓〈霓裳羽衣序〉，不數聲，哀音怨亂，不復知其是曲也。左右皆欷歔。崔亦遽止之，投琴，泣下流連，趨歸鄭所，遂不復至。明旦而張行。明年，文戰不勝，張遂止於京。因贈書於崔，以廣其意。崔氏緘報之詞，粗載於此，曰：「捧覽來問，撫愛過深。兒女之情，悲喜交集。兼惠花勝一合，口脂五寸，致耀首膏唇之飾。雖荷殊恩，誰復為容？睹物增懷，但積悲歎耳。伏承使於京中就業，進修之道，固在便安。但恨僻陋之人，永以遐棄。命也如此，知復何言！自去秋已來，常忽忽如有所失。於諠譁之下，或勉為語笑，閑宵自處，無不淚零。乃至夢寐之間，亦多感咽，離憂之思，綢繆繾綣，暫若尋常，幽會未終，驚魂已斷。雖半衾如暖，而思之甚遙。一昨拜辭，倏逾舊歲。長安行樂之地，觸緒牽情。何幸不忘幽微，眷念無斁。鄙薄之志，無以奉酬。至於終始之盟，則固不忒。鄙昔中表相因，或同宴處。婢僕見誘，遂致私誠。兒女之心，不能自固。君子有援琴之挑，鄙人無投梭之拒。及薦寢席，義盛意深。愚陋之情，永謂終託。豈期既見君子，而不能定情。致有自獻之羞，不復明侍巾幘。沒身永恨，含歎何言！倘仁人用心，俯遂幽眇，雖死之日，猶生之年。如或達士略情，捨小從大，以先配爲醜行，以要盟爲可欺；則當骨化形銷，丹誠不泯，因風委露，猶託清塵。存沒之誠，言盡於此。臨紙嗚咽，情不能申。千萬珍重，珍重千萬！玉環一枚，是兒嬰年所弄，寄充君子下體所佩。玉取其堅潤不渝，環取其終始不絕。兼亂絲一絇，文竹茶碾子一枚。此數物不足見珍。意者欲君子如玉之真，弊志如環不解。淚痕在竹，愁緒縈絲。因物達情，永以爲好耳。心邇身遐，拜會無期。幽憤所鍾，千里神合。千萬珍重！春風多厲，強飯爲嘉。慎言自保，無以鄙爲深念。」張生發其書於所知，由是時人多聞之。所善楊巨源好屬詞，因爲賦〈崔娘詩〉一絕云：「清潤潘郎玉不如，中庭蕙草雪銷初。風流才子多春思，腸斷蕭娘一紙書。」河南元稹亦續生〈會真詩〉三十韻，詩曰：「微月透簾櫳，螢光度碧空。遙天初縹緲，低樹漸蔥蘢。龍吹過庭竹，鸞歌拂井桐。羅綃垂薄霧，環珮響輕風。絳節隨金母，雲心捧玉童。更深人悄悄，晨會雨濛濛。珠瑩光文履，花明隱繡龍。瑤釵行彩鳳，羅帔掩丹虹。言自瑤華浦，將朝碧玉宮。因遊洛城北，偶向宋家東。戲調初微拒，柔情已暗通。低鬟蟬影動，回步玉塵蒙。轉面流花雪，登床抱綺叢。鴛鴦交頸舞，翡翠合歡籠。眉黛羞偏聚，唇朱暖更融。氣清蘭蕊馥，膚潤玉肌豐。無力慵移腕，多嬌愛斂躬。汗流珠點點，發亂綠蔥蔥，方喜千年會，俄聞五夜窮。留連時有恨，繾綣意難終。慢臉含愁態，芳詞誓素衷。贈環明運合，留結表心同。啼粉流宵鏡，殘燈遠暗蟲。華光猶苒苒，旭日漸曈曈。乘鶩還歸洛，吹簫亦上嵩。衣香猶染麝，枕膩尚殘紅。冪冪臨塘草，飄飄思渚蓬。素琴鳴怨鶴，清漢望歸鴻。海闊誠難渡，天高不易沖。行雲無處所，蕭史在樓中。」張之友聞之者，莫不聳異之，然而張志亦絕矣。稹特與張厚，因徵其詞。張曰：「大凡天之所命尤物也，不妖其身，必妖於人。使崔氏子遇合富貴，乘寵嬌，不爲雲，不爲雨，則爲蛟爲螭，吾不知其所變化矣。昔殷之辛，周之幽，據百萬之國，其勢甚厚。然而一女子敗之。潰其衆，屠其身，至今爲天下僇笑。予之德不足以勝妖孽，是用忍情。」於時坐者皆爲深歎。後歲餘，崔已委身於人，張亦有所娶。適經所居，乃因其夫言於崔，求以外兄見。夫語之，而崔終不爲出。張怨念之誠，動於顏色，崔知之，潛賦一章，詞曰：「自從消瘦減容光，萬轉千迴懶下床。不爲旁人羞不起，爲郎憔悴卻羞郎。」竟不之見。後數日，張生將行，又賦一章以謝絕云：「棄置今何道，當時且自親。還將舊時意，憐取眼前人。」自是，絕不復知矣。時人多許張爲善補過者。予嘗於朋會之中，往往及此意者，夫使知者不爲，爲之者不惑。貞元歲九月，執事李公垂宿於予靖安里第，語及於是，公垂卓然稱異，遂爲〈鶯鶯歌〉以傳之。崔氏小名鶯鶯，公垂以命篇。

（收錄自《唐人小說》，汪辟疆據《太平廣記》校錄）

譯後記

《中國「中世紀」的終結——中唐文學文化論集》是宇文所安教授一九九六年出版的一部著作，包括一篇導論和七篇論文，並附錄了三篇古典詩歌、傳奇作品的英譯。全書在所探討的時序上似乎延續了《初唐詩》、《盛唐詩》，其旨趣則大有不同；它的篇幅較之宇文教授的前兩部著作要小得多，而涉及的論題之廣且大，可謂有過之而無不及。至於各篇的要義，宇文教授在導論中現身說法，已有揭示，此處也就無庸辭費了。

本書的中譯是我與陳磊合作完成的。陳磊譯出導論和前三章；我負責後四章，需要說明，其中的第五章曾由現在美國求學而當時在復旦從我讀書的郭茜進行過初譯，而我做了近乎重譯的工作。全部譯稿完成後，田曉菲女史細緻校閱修繕一過，她的工作是重要而具有權威性的，我們對此深致謝意。

回想與陳磊久別後重會哈佛，在Vanserg的common room坐聊包括宇文所安教授的著作在內的北美中國文學研究，至今又已五年多了；時下我們分處大洋兩岸，但相信完成合作的愉快心情是一樣的。

陳引馳

二〇〇五年十月於上海

中國「中世紀」的終結：中唐文學文化論集

2007年5月初版　　定價：新臺幣220元

著者　宇文所安
譯者　陳引馳
　　　陳磊
發行人　林載爵

出版者　聯經出版事業股份有限公司
台北市忠孝東路四段555號
編輯部地址：台北市忠孝東路四段561號4樓
叢書主編電話：(02)27634300轉5226
台北發行所地址：台北縣汐止市大同路一段367號
電話：(02)26418661
台北忠孝門市地址：台北市忠孝東路四段561號1-2樓
電話：(02)27683708
台北新生門市地址：台北市新生南路三段94號
電話：(02)23620308
台中門市地址：台中市健行路321號
台中分公司電話：(04)22312023
高雄門市地址：高雄市成功一路363號
電話：(07)2412802
郵政劃撥帳戶第0100559-3號
郵撥電話：26418662
印刷者　世和印製企業有限公司

叢書主編　沙淑芬
校對　陳龍貴
封面設計　翁國鈞

行政院新聞局出版事業登記證局版臺業字第0130號

本書如有缺頁，破損，倒裝請寄回發行所更換。　ISBN 13：978-957-08-3149-8（平裝）
聯經網址：www.linkingbooks.com.tw
電子信箱：linking@udngroup.com

國家圖書館出版品預行編目資料

中國「中世紀」的終結：中唐文學文化論集/宇文所安著．陳引馳、陳磊譯．初版．臺北市．聯經．2007年（民96）
208面，14.8×21公分．
譯自：The end of the Chinese "Middle ages": essays in Mid-Tang literary culture
ISBN 978-957-08-3149-8（平裝）
1.中國文學-歷史-唐（618-907）
2.中國文學-評論

820.904 96007394